KB070006

아낌없이

살아보는

중입니다

임현주 에세이

엮음

아낌없이 살아가는 매일

"그냥 나 지금부터 행복할래."

늘, 지금은 행복을 누릴 단계가 아니라고 생각했다. 일단 대학부터 가고 나서, 취업부터 제대로 하고 나서, 조금 더 탄탄하게 자리를 잡고 나서. 그전까진 제대로 된 여유나 휴가를 누리는 것은 사치라고 여겼다. 지금의 즐거움을 희생하는 건 원해서가 아니라 그럴 수밖에 없었기 때문이었다. 경쟁은 치열했고 해가 지날수록 도전할 수 있는 가능성의 문은 좁아질 듯했다. 흔들림과 불안이 없는 완성형 삶을 꿈꾸며 인생의 매 순간을 성실하게 통과했다.

열심히 하는 건 자신 있었다. 하고 싶은 게 생기면 엉덩이를 붙이고 앉아 몰입하고 망설임 없이 직진했다. 낙방의 순간이 와도 단단한 자존감으로 스스로를 지켰다. 노력이 부족하다면 더 노력할 테다, 무엇보다 세상이 아직 진귀한 나를 발견하지 못한 것뿐이라며 콧방귀를 날리기도 했으니까. 그러다 또다시 불안함에 오들오들 떠는 밤이 찾아왔다. '진짜 안 되면 어떡하지?' 단번에 잘되는 법은 없었지만 버티면서 결국에는 바라던 것들을 이루어가는 듯했다.

소원돌을 하나하나 쌓아 다섯 번째 직장이자 마지막 직장이라 생각했던 방송국의 아나운서가 되었다. 하지만 인생의 가장 빛나는 순간이 펼쳐지리라 생각했던 때, 자유롭게 뛰어 놀던 임현주는 사라지고 어느 때보다 수동적인 사람이 되어 있었다. 자신감은 증발하고 자존감은 바닥을 쳤다. 일을 하면서도 전전긍긍 불안함을 느꼈고, 일을 하지 않을 때는 한없이 늘어난 시간에 무엇을 해야 할지 몰라 더 불안해졌다. 이곳에서는 무엇을 하려면 계속해서 선택받아야 했다. 프로그램에서 선택받지 못하면 시작조차 할 수 없어 보였다. 그래, 어떤 일을 하든지 선택받아야 하는 건 당연한 일일 것이다.

하지만 삶의 중심에 다른 이들의 기준이 들어서자 맞지 않는 옷을 입은 듯 힘겹게 느껴졌다. 내가 사랑하고 좋아했던 스스로의 모습들이 점점 사라져가는 것 같았다. 그래서 나는, 힘겨웠던 그 시간들과 결별하기로 했다. 선택받기를 기다리는 대신, 무엇이 되기 위해 달려가는 대신, '지금의 나'에게 충실하기로 한 것이다. 오늘을 충만하게 사는 것이 단 하나의 지향점이 되었다. 비뚤어도 재미있게 자유로운 스텝으로 걷기 시작하자 놀라운 변화가 생겼다. 그동안 당연하다고 생각했던 것들이 당연하게 보이지 않게 된 것이다. 몇 년 차니까, 이 나이니까, 여자니까, 아나운서니까, 남들도 다 그렇게 하니까 하는 관념들이 단지 여태까지 그래왔으니까 따랐던 것임을 알게 되었다. 하지 말아야 할 타당한 이유를 찾지 못했을 때, 그냥 하기로 결심했다.

요즘의 나는 어느 때보다 주체적으로 살아가고 있다는 감각을 느낀다. 물론 어느 날은 저항에 부딪히기도 하고 내가 무엇을 위해 이렇게까지 하는 걸까 좌절하기도 한다. 하지만 이전과 차이가 있다면 더 이상 아무것도 할 수 없다고 웅크리고 울고만 있지 않는다는 것이다. 다시 시작할 수 있는 힘이 내 안에 있음을 아니까. 끝이 아니라 반드시 또 다른 시작이 있을 것을 믿으니까.

　　계속해서 살얼음 위를 걷듯 눈치만 봤다면 어땠을까. 지금처럼 행복해질 수 있었을까. 원하는 것들을 하면서, 원하지 않는 것들을 하지 않기로 하면서 나는 자유로워졌다. 그리고 생각지 못했던 다양한 분야의 경험과 멋진 사람들을 만나게 되었다. 정해진 길을 따랐더라면 내 삶은 얼마나 무료했을까. 그러니 재미있는 도전을 하지 않을 이유가 없다. 그렇게 나는 매일을 아낌없이 살아보는 중이다.

차 례

대체되고 싶지 않습니다

1장

잘 버텼어

"언니, 잘 버텼어."

　나지막하게 건네는 한마디가 등어리를 간질인다. 팽창해 있던 구석구석의 긴장들이 속수무책 풀리기 시작했다. 이렇게 빳빳하게 힘이 들어가 있었나, 긴장을 풀고 나서야 느낀다. 프로답게 행동해야 해, 실수하면 안 돼, 약해지면 안 돼. 스스로에게 늘 다짐하는 말이었다. 덕분에 하루하루는 문제없이 흘러갈 수 있었지만 종종 힘에 부쳤고 가끔은 그냥 울고도 싶었다. 오늘이 그랬다. 그리고 조금 전만 해도 나를 이렇게 무장해제시키는 상대를 만날 거라고는 생각하지 못했었다.

몇 시간 전, 상암동 방송국의 지하3층 주차장이었다. 차에 타자마자 넥타이를 휙 풀어 차 뒷자리로 던지고 소매를 두 단 쓱쓱 걷은 뒤 시동을 걸었다. 집과 반대 방향으로 네비게이션 목적지를 찍는데 한껏 하품이 나왔다. 새벽 출근을 하려면 일찍 눈을 붙여야 하지만 이런저런 할 일을 하다 보면 자정을 넘겨 잠들기 일쑤였다. 하고 싶은 게 많은 사람은 늘 피곤하지.

어제도 네 시간밖에 자지 못해 푹신한 침대 위 낮잠의 유혹이 올라오지만 그럴 순 없다. 한 달 가까이 기다린 예약이니까. 라디오에서 기분을 사르르 녹여줄 음악이 나오길 기대하며 주파수를 돌려보는데 늦은 오후 시간대에는 음악보다 출연자들 수다의 비중이 더 높다. 시내에 진입하자 교통체증에 갇혔고 울적한 기운이 차 안을 채우기 시작했다. 그런 날이 있지 않은가. '내가 잘하고 있는 걸까?' 나름 열심히는 하는데 무엇 하나 제대로 하는 건 없는 것 같아 괜히 움츠러들고, 질문이 꼬리에 꼬리를 무는 날이.

한 시간가량 걸려 목적지에 도착했다. 예상 밖의 멀끔

한 아파트를 보며 이런 곳에 있다니 의외라 생각했다. 엘리베이터에서 내리자 벨을 누를 필요도 없이 문이 살짝 열려 있다. 누구나 들어와도 된다는 신호일까? 이토록 경계심 없는 집이라니 뭔가 단단히 믿는 구석이 있는 것 아니겠나. 이를테면 신의 수호라든지. 그러니까, 오늘 나는 사주를 보러왔다.

아이폰을 쓰면서 사주팔자를 본다니 어불성설 같이 느껴지기도 한다. 그렇지만 여전히 세상에는 이성적으로 이해하기 힘든 일들이 많은 법이지. 적당히 거르고 좋은 말 위주로 귀담아 듣는다면 사주는 꽤 괜찮은 위안을 준다.

가끔 종교를 가진 사람들이 부러웠다. 지금의 시련에는 다 이유가 있는 거라고, 결국 잘 헤쳐나갈 거라 기대고 위안을 얻을 수 있는 존재가 있다는 것이. 내게는 종교도 없으니까, 초월적인 무언가로부터 희망적인 이야기를 듣고 싶거나 어디에 고민을 털어놓기 쉽지 않을 때 혼자 사주를 보러가기 시작했다. 절박할 때는 뭐라도 붙들고 싶은 법이니까. '제 연애가 잘 풀릴까요, 이 사람 계속 만나도 될까요' 하는 상담이라면 친구를 붙잡고 맞장구치며 듣는 것도 재밌겠지만 답답한 미래에 대한 답을 구하고 싶을 때는 엄마도 친구도 떼어놓고 비밀스러운 거래를 하듯 혼자 점집을 찾는 게 마음 편했다.

취업준비생 시절에는 언제 방송국에 합격할 수 있을지, 직장 생활을 하면서는 이직을 해야 할지, 출근하는 날이 괴로움의 연속일 때는 이 시기가 언제쯤 지날지 물었다. 불안은 매번 어떤 형태로든 끈덕지게 내게 들러붙어 있었기에, 그렇게 6년가량을 매해 찾았다. 연초가 되면 작년은 액땜이라 치고 올해 다시 새롭게 시작해보자 하는 희망을 품으면서.

부정적인 이야기를 했다면 진작에 발길을 끊었겠지만 가는 곳마다 언제 이후로는 잘 풀릴 거라는 이야기를 들려주었다. 현실이 힘들 때는 과거의 추억을 소환해 잘근잘근 단맛을 되새기거나 긍정적인 미래를 꿈꾸며 지금을 버텨보는 것 아니겠나. 그러니까 내게 1년에 복채 5만 원은 결코 손해 보는 지출이 아니었다.

점집 문턱을 넘으면 신기한 일이 벌어진다. 처음에는

역술가가 얼마나 용할까 의심스러운 마음에 거리를 둔다. 호구처럼 내 이야기를 술술 먼저 불지 않겠다는 다짐으로 이름과 생시만 불러주고 조용히 입을 닫고 기다린다. 그러다 역술가가 "속이 장군감이네"라는 말을 시작으로 술술 이야기를 풀어내면 '허! 사람 볼 줄 아는구나' 싶어 꾹 눌러두었던 고민을 홀렁홀렁 털어놓기 시작한다. 언젠가는 점집에서 펑펑 운 적이 있었다. 종로의 허름한 사무실이었는데, 아무리 생각해도 그 역술가는 심리상담사에 가까웠다. '새애빨간' 입술에 '새애까만' 긴 머리카락을 화려하게 틀어 올린 모습이 워낙 강렬해 처음에는 말 붙이기도 쉽지 않았다. 그런데 말 몇 마디 듣다 보니 이 사람 살아온 인생 내공이 보통이 아니구나 싶었다. 유난히 속정이 뜨끈한 사람 있지 않나. 어찌나 듣는 기술이 뛰어난지 내 하소연을 그래그래 끄덕끄덕 품어주고 들어주는데 눈물이 주르륵 났다. 그래, 사람들은 이렇게 자기 이야기를 하고 싶어 점집을 찾는구나 생각했다.

　그러다 언젠가부터 점집에 발길을 끊었다. 열정과 노

력을 들이부어도 '인내'와 '기다림'이라는 점괘만 나오던 인생의 기류가 서서히 바뀌기 시작했을 때부터였다. 고장 난 차에 탄 것처럼 말을 듣지 않던 자율주행 인생에서 비로소 핸들을 내 두 손에 쥔 듯했다. 그러던 중 분장실에서 용하다는 점집 이야기를 듣고 다시 귀가 솔깃해졌다. 본래 지인들 사이에서 한번 입소문이 나면 줄줄이 소시지처럼 방문객이 몰리는 것 아니겠나.

"거기가 그렇게 용해요?"

마침 올해 새롭게 시작하는 일들이 여럿 있었기에 모처럼 한번 가볼까 싶었다. 연락처를 받아 문자를 보냈더니 지금 산에 있어 내일 전화를 주겠다 했다. 소문난 집답게 약 3주 뒤에 오라는 이야기를 들었다.

'신점'은 처음이었다. 사주풀이가 기본이지만 신점도 함께 본다는 말에 긴장하고 왔는데 막상 들어오니 여느 가정집과 다름없어 보였다. 자리에 앉아 생시를 말했고, 몇 초 지나지 않아 "화려한 사주네" 하는 말로 풀이를 시작했다.

말의 기운이 강하고 사람들을 마주보고 설명하는 직

업이라 한다. 그러면서 방송일 하는 것 아니냐 묻는다. 눈만 내놓고 마스크를 쓰고 있었으니 인상으로 때려 맞춘 정보는 아니었다. 신뢰도 급상승. 이후로도 술술 이다. 올해는 몇 월 며칠이 좋다며 날짜도 콕콕 집어주었다. 빠른 메모 스킬로 한 자 한 자 휴대폰 메모장에 받아 적는데, "언니" 나지막한 목소리로 나를 부른다.

"언니, 열심히 살았다고 나와. 스물다섯부터, 이때부터 악착같이 살았다고 나오네. 남들 놀 때 악바리처럼 악착같이 살아서 지금 좋은 거야. 노력을 안 한 상태에서 운으로 뜨면 금방 꺼지는데 언니는 하나하나 탄탄하게 했다고 나와."

처음 방송일을 시작한 게 스물다섯이었고, 악착같다는 말은 아빠가 나에게 종종 하는 말이었다.

"언니, 잘 버텼어."

담담하게 듣고 있다 코끝이 시큰해졌다. 나도 그렇게 오랫동안 버텨야 할 줄은 몰랐다. 그런데 그것밖에 방법이 없었다. 이 정도면 괜찮으니 적당히 살고 적당히 하라는 말이 도무지 귀에 들어오지 않았다. 남들에게 보이는 것보다 나 자신이 아는 내 만족이 중요했다. 노력과 시간이 더 필요하다면 계속해서 맴돌고 두드리는 수밖에 없었다. 여유 있게 인생을 사는 듯한 사람들을 보면 부럽기도 했지만 어쩌겠나 이게 나인 걸.

하고 싶은 일이 생기면 열정적으로 뛰어들고, '너는 아직 입장 불가야!' 거절당하면 잠시 풀이 꺾이기도 하지만 금세 다시 에너지가 차올랐다. 어찌됐든 스스로 만족할 때까지 최선을 다해봐야 직성이 풀렸다. 누가 떠먹여 주는 것도 싫었다. 어차피 그건 진짜 내 것이 아니니까. 진하게 힘들고 진심으로 행복해지는 사람인 것이다.

"언니는 일로 찾는 행복이 굉장해. 고생 많았지. 해코지하려는 사람도 있었고, 그런데 언니 잘 넘겼다, 잘 버텼어. 단단해질수록 언니 운이 좋아져. 누가 뭐라고 하든 언니 색깔 잃지 마. 언니 주관대로 하라고 나와."

낮잠 잔다고 여기 안 왔으면 어쩔 뻔했나. 이 말이 그렇게 듣고 싶었나 보다. 누가 뭐라고 하든 내 색깔을 잃지 말라는 그 말이. '선생님 뭐죠, 제가 듣고 싶었던 말을 이렇게 술술 해주다니요.' 마음속으로 읊조렸다. 게다가 언니라는 말은 또 왜 이리 다정하게 들리는지 눈을 반짝반짝 뜨고 '네, 네' 대답하고 있었다. 표정에 통 변화가 없던 역술가가 웃으며 말한다.

"언니가 반응을 잘해주니까 동자님이 신이 나서 계속 더 알려주네."

'동자님'이라는 말에 잠시 등골이 서늘해졌지만 동자님에게 고맙다며 하하하 맞장구를 쳤다. 리액션 잘하는 건 본래 타고난 것일까, 일하다 생긴 직업병 같은 걸까. 기운이 맑은 사람에게는 코끼리가 잘 맞는다며 나에게 코끼리를 갖고 다니라고 했다.

"언니, 이쁜 거 달고 다녀."

내가 또 얼마나 말을 잘 듣는지. 지금 아이팟에는 코끼리 열쇠고리가 달려 있고 방과 차에 귀여운 덤보 인형이 한자리씩 차지하고 있다. 잠옷은 말할 것도 없다. 이 글을 다 쓰고 나면 책 어딘가에 코끼리 그림 하나 들어가게 해달라고 디자이너 선생님에게 부탁할 참이다. 한번 찾아보시라. 그날 복채 5만 원의 효력은 지금도 지속되고 있다.

뭣 하러 이렇게 일을 벌이고 열심히 살고 있나 의심이 들 때마다 코끼리 한번 바라보며 힘을 얻는다. 그리고 되뇌인다. 잘 버티는 중이라고, 그래서 오늘은 이렇게 힘든 날인가보다 하고.

책장에서 은유 작가님의 《싸울 때마다 투명해진다》를 꺼내 본다. "울컥할 때마다 질문이 탄생했다"라는 구절은 또 얼마나 힘이 되는지. 굴곡 없는 인생이 어디 있겠나. 울컥할 때마다 스스로에게 물었다. '왜 나 지금 울컥하는 걸까?' 한숨 푹 자고 일어나는 것만으로도 사라지는 울컥함이 있고 울분처럼 오래가는 울컥함이 있고 평생 잊히지 않는 울컥함이 있다. 하고 싶은 일을 하지 못해서 울컥하고, 이해받지 못함에 울컥하고, 속수무책 지나가버린 시간에 울컥한다. 울컥함은 주로 내 의지 밖에서 떠밀려 들어오지만 답은 결국 스스로 찾아야 했다. 받아들이거나, 외면하거나, 욕 한번 '씨게' 하고 넘기거나, 버티거나, 바꾸거나. 휩쓸려가지 않겠다 하는 오기가 되거나 누가 뭐라 하든 나답게 살겠다 하는 맷집이 되기도 했다. 그리고 어떻게든 울컥함의 시간이 지나고 나면 알게 되었다. 버티길 잘했다고. 덕분에 이렇게 오늘도 계속 살아가고 있지 않냐고. 그러니까 오늘도 말한다. "잘 버텼어."

어쩌다,
운명처럼 아나운서

~~~~~~~~~~~~~~~~~~~~~~~~

말을 마치고 고개를 들어 선생님을 바라봤다. 선생님은 지난 1년간 봤던 모습과 사뭇 달랐다. 어딘가 연약해 보인 달까. 늘 엄격한 표정을 짓던 선생님에게 '연약'이라는 말만큼 안 어울리는 단어가 있을까 싶지만 그 순간 받은 느낌은 그랬다. 손수건으로 눈물을 훔치고 계셨으니까. 선생님뿐 아니라 온 강당의 사람들이 울고 있었다. 내 얼굴도 눈물범벅이었다. 선생님의 정년 퇴임식 날이었다.

사람들이 우르르 다가와 어쩜 그렇게 퇴임사를 눈물이 쏙 나오도록 절절하게 낭독했냐고 기특해했다. 그때 나는 아홉 살이었고 내게도 이런 경험은 처음이었으니 뭐라 설명할 길이 없었다. 다만 스스로 느끼기에도 이상하긴 했다. 이전에 다른 선생님과 교실에서 낭독 연습을 할 때는 눈물 한 방울 나지 않았는데 말이다. 그런데 신기하게도 본 무대에 오르니 문장 속 한 글자 한 글자가 살아나면서 마음을 울리는 것 아닌가. 지난 1년간 선생님과 함께했던 시간이 주마등처럼 스쳐지나가며 아쉬움과 슬픔으로 목소리가 떨렸고, 사람들의 마음도 함께 떨렸던 것이다. 그게 내가 기억하는 첫 순간이었을 것이다. 내게 말에 감정을 담아 전달하는 재능 같은 게 있음을 느낀 것. 이후로도 내가 말을 할 때 순간순간 주변 공기가 미묘하게 바뀌곤 했다. 친구들에게 근래 있었던 일을 들려줄 때면 무척 흥미진진해했고, 발표를 하고 나면 기대보다 더 많은 박수와 칭찬들이 따라왔다. 그럼에도, 그냥 내가 말을 조금 잘하는가 보다 반신반의하는 정도였다. 학창 시절 장래희망칸에 아나운서가 되겠다고 쓰는 일도 없었고 말하는 일을 직업으로 삼을 거라고는 생각해보지 않았다.

고등학생 시절 우리 학교에는 독특한 분위기가 있었다. 교복은 내가 가장 좋아하는 파란색이었음에도 뭐랄까 청량한 것도 아니고 고급스러운 것도 아닌 애매한 '스머프' 색이었다. 덕분에 전국적으로 유명세를 좀 탔는데 소위 촌스러운 교복으로 늘 전국구 상위권에 올랐던 것이다. 그래도 애매한 것보단 뭐라도 독특한 게 낫지 않나 생각했던 것 같다. 교복 탓인지 모르겠지만 주변에서 저 학교는 공부만 시킨다는 인식이 있었다. 실제로도 그랬다. 전교생이 저녁 열 시까지 기본적으로 야간 자율학습을 했는데, 애들을 확실하게 붙잡아 공부시키고 사교육 부담도 줄어드니 어느 학부모가 싫어할까. 소위 '꼰대' 같은 선생님들이 많지 않았기에 나도 학교가 싫지는 않았다. 그래서였는지 어느 순간 공부를 제대로 해보고 싶다 마음먹게 되었다. 고등학교 2학년 때부터는 이과에서 전교 1, 2등을 놓치지 않게 되었는데, 사실 본래 적성이나 능력치로 따지자면 나는 문과로 갔어야 했다. 암기하는 게 그다지 힘들지 않았고 국어적인 머리가 수학적인 머리보다 좋다고 스스로도 느꼈기 때문이다. 그럼에도 이과를 가게 된 데는 이유가 있었다. 이게 다, 그놈의 사랑 때문이었다. 화학 선생님을 무척이나 좋아한 것이다. 선생님을 좋아하니 그럼 나는 선생님 따라 당연히 화학II를 선택해야지 했던 것인데, 좋아한다는 것만큼 맹목적이면서 또 그걸 이길 만큼 중요한 이유는 없는 것이다.

어느 날은 미술 선생님이 나를 불러 축제 사회자를 모집 중인데 한번 도전해보지 않겠느냐 제안하셨다. 대부분의 학교 축제에서는 끼 넘치는 친구들이 마이크를 잡곤 하지만 우리 학교는 사회자가 한복을 입고 진행을 했다. 즉, 단정하게 또박또박 말하는 사회자를 선호한다는 뜻이었다. 최종적으로 사회자에 선발되어 한복을 입고 인사하는 예절을 며칠 동안이나 배웠다.

축제 당일, 후배와 나는 각각 연노랑과 연분홍색 한복을 입고 무대에 등장했다. 꽉 찬 객석에서 우리를 바라보는 시선이 느껴졌다. 이때 다시 한번 실감했다. '나는 실전 파구나!' 살벌한 떨림 대신 기분 좋은 긴장감이 느껴졌다. 머리 위의 강렬한 조명 때문에 객석이 새까맣게 보였지만 빛나는 눈동자들만은 벅찰 만큼 크게 느껴졌다. 그리고 나는, 공대에 진학했다.

전공은 산업공학이었다. 19년간 서울이라고는 두세 번밖에 가본 적 없었는데 그 서울에서 이제부터 살게 된다 생각하니 어찌나 설레던지. 밥맛이 뚝 떨어졌고 살이 쏙 빠져 졸업식에 참석했다. 그리고 그날, 고3 담임선생님에게 이렇게 말했다 한다. "선생님, 저 나중에 아나운서가 될 거예요."

실은 내가 그런 말을 했다는 것을 전혀 기억하지 못하고 있었는데 대학교 2학년 때 광주 모교를 방문해 선생님을 만났던 날, 네가 그런 말을 했다는 걸 기억하냐며 말씀해주셔서 알게 되었다.

"하하, 제가 왜 그런 이야기를 했을까요."

그때는 아나운서를 준비한다는 게 언감생심 부끄럽기도 하고, 여하튼 신기하기도 하고, 그렇게 또다시 흘려듣고 말았다. 앞으로 뭐가 될지 당장은 고민하고 싶지 않았다. 마냥 내일이 즐거운 때였으니까.

공부만 하던 모범생에게 서울 생활이 얼마나 신나고 재미있었겠나. 학점을 잘 받겠다는 마음은 일찍부터 접었다. 주변에 똑똑한 애들은 넘쳐났고 여기에서는 아무리 고등학교 때처럼 열심히 공부해봐야 상위권 성적을 받기 힘들 듯했다. 타고나길 머리가 비상한 애들은 눈빛부터가 묘하게 다른 법이니까. 잘하고 싶다 목표를 가지면 누가 하지 말라 뜯어말려도 달려들지만 마음이 떠나면 미련 없이 놓아버리는 성격이었다. 뜨겁거나 무심하거나, 확실했다. 2학년의 봄날, 학교 축제가 한창이었고 잔디밭에서 막걸리를 걸치다 전공 수업에 들어간 나는 다른 생각에 빠져 있었다. 그때 교수님이 강의실이 쩌렁쩌렁 울리도록 말씀하셨지.

"현주 머릿속에 봄바람이 가득 찼네."

그렇게 봄바람처럼 학교를 다니다가 3학년이 되어서부터 슬슬 진로에 대해 고민하게 되었다. 앞으로 뭐 해먹고 살지. 성적도 애매해, 대학원은 가기 싫어, 이런저런 대외활동은 진짜 많이 했는데 취업에 도움이 되는 건 딱히 없는 거다. 뭔가 부당하게 느껴졌다. 이렇게 교우관계 좋고 다양한 동아리 활동도 했는데, 취업 시장에서는 상장이나 자격증, 경진대회 같은 걸 더 쳐주니 말이다. 본격적으로 사회에 나가려니 이도 저도 아닌 애매한 인간이 된 듯했다. 내가 열심히 산 시간은 다 어디로 간 걸까. 앞으로 비빌 언덕이 있긴 할까. 하고 싶은 것도, 될 수 있는 것도 떠오르지 않아 졸업반이 되자마자 일단 휴학을 했다. 교환학생을 가고 싶었지만 지원하기에는 학점이 모자랐다. 그리고 작은아빠 댁이 있는 미국 콜로라도로 어학연수를 떠났다.

하지만 몇 개월 뒤 콜로라도를 떠나 워싱턴에 머물게 되었다. 예정보다 일찍 연수를 종료하고 주미한국대사관에서 인턴십을 시작한 것이다. 콜로라도는 아름답고 평화로운 곳이었지만 서울살이의 재미가 도통 질리지 않던 내게는 마냥 무료하게 느껴졌다. 이렇게 어학연수만 할 거라면 종로에 있는 어학원에 다니는 거랑 무슨 차이가 있겠나 싶었다. 미국 동부와 서부도 혼자 종횡무진 여행해봤으니 이 열정을 갖고 남은 기간 콜로라도에만 얌전히 머물 수 없겠다 싶었다. 뭘 할 수 있을까, 여러 사이트를 돌아다녀 보는데 워싱턴D.C에 있는 주미한국대사관이 눈에 들어왔다. '이곳에서 일해보면 어떨까?' 일단 모집을 해야 응시라도 해보지 않겠나. 공고를 찾아보는데 이전에 인턴을 모집했던 공고조차 보이지 않았다.

어떡하지. 무작정 이메일을 보냈다. '인턴 제도가 없다니 애석합니다. 일단 제가 한번 해보는 건 어떨까요? 일, 똑 부러지게 잘합니다. 어차피 여기에서 나갈 생활비, 어학원비 생각하면 월급은 받지 않아도 좋습니다. 그냥 일만 하게 해주세요' 하고. 자발적 '열정페이'였다(월급은 꼭 받아야 하는 거다). 여하튼 큰 기대를 하지 않았는데 놀랍게도 출근해도 좋다는 답장을 받았다. 난생 처음 인터넷으로 방을 구한 뒤 짐을 싸서 워싱턴D.C로 날아갔다. 역시 사진발이 있었는지 사진만큼 근사한 집은 아니었지만 이곳이 아니면 어디에 기댈 곳도 머물 곳도 없으니 얼마나 소중한 곳인가. 2층 방 한쪽에 짐을 풀고 잠을 자려는데 이불이 없었다. 살짝 서러워졌다. 며칠간 윗옷을 이불 삼아 덮고 자며 필요한 살림살이를 하나하나 채워나갔다. 대사관에 출근하며 아는 사람 한 명 없던 동네에 서서히 네트워크가 생기기 시작했다. 이곳에 안 왔으면 어쩔 뻔했나 싶은 시간들이었다. 이후 대사관에는 아예 인턴 제도가 만들어졌다. 역시 두드리면 길은 열린다.

다시 한국으로 돌아갈 날이 다가오고 있었다. 돌아가면 졸업학기인데 뭐하지, 침대에 누워 이런저런 생각을 하는데 문득 '아나운서에 도전해볼까' 하는 강렬한 마음의 지진 같은 것이 일어났다. 이 일을 하면 인생이 드라마틱하게 즐겁고 다채로워질 것 같았다. 나처럼 관심사 다양하고(한 우물을 못 파고) 사람 만나는 것 좋아하고(인터뷰 사랑하고요) 몰입력이 강점인 사람에게(제일 행복한 순간) 이보다 잘 맞는 일이 있을까 싶었다. 그동안 어떤 직업을 상상했을 때 이렇게 가슴 뛰는 일은 없었다. 한마디로 제대로 꽂혀버렸다. 그리고 왠지 잘할 수 있을 것 같았다. 오래 전부터 곁에 있었음에도 너무 익숙한 나머지 스쳐지나가기만 했던 인연을 이제야 발견한 기분이었다. 마음 가는 대로 선택하다 보니 구불구불 길을 돌아왔지만 결국에는 천직이다 싶은 일을 마주하게 된 것이다.

그때의 결심이 인생을 바꾸었다. 이후 인생은 예상했던 대로 좋은 쪽으로든 힘든 쪽으로든 드라마틱해졌다. 아나운서 시험에 합격하기까지도 험난한 과정을 거쳤지만 그와는 다른 종류의 고민이 아나운서가 된 이후 본격적으로 시작되었다. 모든 직업이 그렇듯 직접 경험해보기 전에는 알 수 없는 것들이 있지 않은가. 이 직업이 정확히 어떤 일을 하고 어떤 장단점이 있는지 잘 알지 못한 채, 그저 좋아하는 일을 할 수만 있다면 소원이 없겠다 하는 무모하고 뜨거운 열정으로 뛰어드는 것이다. 나 또한 지독하게 행복하고 지독하게 힘든 이 일을. 어쩌다 운명처럼, 그렇게 아나운서가 되었다.

언제까지
선택받아야 할까?

~~~~~~~~~~

스물아홉, 여의도 방송국으로 출근을 시작했다. 프리랜서로 거쳐간 방송국까지 포함하면 이번이 몇 번째 직장이라고 해야 할지 모르겠지만 수백, 수천 명이 응시하는 공채를 거친 바로는 다섯 번째 회사였다. 케이블, 지역방송사, 종합편성채널을 거쳐 마지막으로 지상파로 입사했으니 더 이상 이직할 곳도 없겠다 싶었다. 아마도, 인생의 마지막 직장이지 않을까. 시험결과를 기다리며 마음 졸이던 날은 안녕. 이제 즐겁게 일하고 마음껏 행복하리라는 기대감에 부풀어 있었다. 하지만 본래 인생이란 변수로 가득한 것 아니겠는가.

입사 후 가장 맡고 싶은 프로그램은 단연 뉴스였다. 시청자의 시선으로 봤을 때 무척 빛나 보였고 아나운서로서 여러모로 뛰어나야만 할 수 있는 역할이라 생각했기 때문이다. 바라던 대로 수습기간을 거쳐 입사 9개월 차에 아침 뉴스 앵커가 되었다. 한 시간 사십 분가량 진행하는 덩치가 큰 뉴스였는데, 대학 시절 매일 그 아침 뉴스를 챙겨보고 등교했고 아나운서 지망생 시절엔 선망하던 선배가 진행한 뉴스이기도 했으니 꿈이 이루어진다는 게 이런 것인가 얼떨떨했다.

아침 여섯 시에 시작하는 뉴스를 위해서는 매일 새벽 두 시 반에 일어나야 했다. 그럼에도 한동안 피곤한 줄 몰랐다. 화면에 보이는 건 앵커 단 두 명이지만 실제 현장에서는 수십 명의 스태프와 보도국 직원들이 이른 새벽부터 함께 뉴스를 준비한다. 그런 공기 안에 있다 보면 힘들다 생각할 수 없었고 내가 더 잘해야 한다는 막중한 책임감을 느꼈다. 뉴스 데뷔에서 다행히 좋은 평가를 받았다. 신선한 에너지가 느껴지고 목소리에 또랑또랑 힘이 있다는 것이다.

한동안 뉴스 센터에서 보고 익히는 것들이 마냥 신기했다. 그런데 한 달이 지나고, 6개월이 지나고, 1년이 지나면서 서서히 무력함이 밀려오기 시작했다. 불면증이 심해져 수면제에 의존하는 날들이 생겼고 보도국으로 향하는 발걸음은 이전과 다르게 무거워졌다. 매일 고민을 끌어안은 채 책상에 앉아 내가 상상한 앵커의 모습은 이게 아닌데, 생각했다.

겉으로는 문제 없어 보였다. 실수하지 않고 잘 전달하는 앵커였으니까. 하지만 내 속마음은 보이는 모습과 체감하는 역할 사이의 괴리감으로 뒤엉켜 있었다. 한마디로 앵커로서 자신감이 부족했다. 뉴스뿐 아니라 시사, 교양, 예능 어떤 프로그램을 맡든 진행자에게는 말에 대한 확신과 역할에 대한 자신감이 필요하다. 지금의 나는 어느 정도 그럴 수 있게 되었지만 당시에는 스스로 그런 확신을 가질 자격이 없다고 생각했다.

앵커 멘트를 쓸 때 늘 이런 고민을 했다. 기자들이 취재한 기사와 기본적으로 써놓은 앵커 멘트를 보면서 나보다 경험 많은 선배들이 쓴 멘트를 적극 고쳐도 되는 것인지 망설이는 것이다. 기사의 핵심을 이해하고 시청자에게 어떻게 잘 전달할 수 있을지에 집중하면 되는 것인데 그에 앞서, 혹시 틀리면 어떡하나 두려움이 밀려왔다. 모르는 부분이 있거나 확신이 부족할 때는 전화라도 해서 물어보면 되는 것 아닌가. 그런데 뉴스를 준비하는 시간은 새벽 네 시였다. 이 시간에 전화해서 물어볼 용기는 더더욱 없었다. 질문을 하지 못하고 자신감도 부족했던 나는 적극적으로 역할을 이끌어가는 대신 다른 뉴스나 기사를 참고해가며 소극적으로 앵커 멘트를 수정하고 안전한 선에서 주어진 역할을 따라갔다.

역량과 경험이 부족한 데 비해 너무 빨리 앵커를 맡은 건 아닐까 생각했다. 그런데 이게 비단 나만 겪는 고민이자 어려움이었을까. 그동안 대부분의 여자 앵커들은 입사한 지 얼마 지나지 않아 20대에서 30대 초반에 메인 뉴스를 맡고는 했었다. 그에 비해 남자 앵커는 여자 앵커보다 열 살, 스무 살 이상 많은 기자 출신이었다. 필연적으로 경험치와 노련함에 차이가 날 수밖에 없었고 뉴스를 함께 진행하면서도 주도권과 적극성은 남자 앵커에게 기울어지기 마련이었다.

요즘에 와서 틀이 조금씩 깨지고 있지만 당시에는 거의 모든 뉴스가 그러했고 여전히 그 조합이 절대적으로 많다. 왜 같은 역할을 수행함에도 남자는 경력 풍부한 기자가, 여자는 낮은 연차의 아나운서가 맡는 걸까? 시청자일 때는 너무 익숙한 나머지 불편하게 느끼지 못했던 조합이 현장에서 경험하니 이상하게 느껴졌다.

그제야 내가 앉은 자리의 의미가 뚜렷하게 보이기 시작했다. 당시 내게 기회가 온 것은 여자 앵커에게 바라는 신선함과 안정적인 전달력에 대한 기대치가 맞아 떨어졌기 때문이라는 것을. 남성에게는 무게감과 관록을, 여성에게는 젊음과 단아한 아름다움을 기대한다는 말은 비약이 아니었다. 실력과 경력 순이었다면 내게 한참은 더 많은 시간이 필요했을 것이다.

앵커의 뜻인 '닻'으로서의 역할을 적극 해낼 수 없다면 내가 여기 있어야 할 이유는 무엇일까. 이렇게 자리를 지키며 시간만 보내는 것이 무슨 의미가 있을까. 훗날 앵커 경력을 그럴싸하게 한 줄 적을 수야 있겠지만 자랑스럽게 느껴지지는 않을 것이었다. 이렇게 고민만 하다가 앵커로서 커리어를 마감하는 건 아닐까 자괴감이 들었다. 그동안 드넓은 초원에서 여자 남자 구분 없이 똑같이 경쟁하고 협력하며 뛰다가 갑자기 관상용 화초가 된 듯한 기분이었다.

지금부터라도 배우고 채워나가자는 생각으로 현장 취재에도 따라 나가보았다. 하지만 근본적인 해결책이 될 수는 없었다. 경험은 그전에 켜켜이 쌓았어야 했던 것이지 단기간에 속성으로 채울 수 있는 게 아니었다. 아직 깜냥이 부족하니 우선 경험과 실력을 쌓고 오겠노라 말할 수는 없었을까. 마음속에서는 여러 이해관계가 충돌하고 있었다. 지금 이 자리를 박차고 나간다고 해서 다음에 또 기회가 오리라는 법은 없었다.

잘 알고 있었다. 지금의 나는 언제든 대체될 수 있다는 것을. 나와 같은 역할을 할 젊고 아름다운 아나운서는 지금도 그리고 앞으로도 계속해서 있다는 것을. 불확실함 속에서 유영하며 이러지도 저러지도 못한 채 시간이 흘러가고 있었다.

입사한 지 얼마 되지 않아 선배와 나누었던 대화가 떠올랐다. 함께 점심 식사를 하던 자리였다. 맞은편에 앉은 선배는 한때 메인 뉴스를 진행했었고, 방송을 하지 않은 지 꽤 오랜 시간이 흘렀음에도 여전히 기품과 카리스마가 흘러넘쳤다. 선배가 말했다.

"여자 아나운서는 남자 아나운서에 비해 입사하자마자 주목도 많이 받고 메인 프로그램을 맡을 기회도 빨리 와. 그런데 그게 좋은 걸까? 일찍 기회가 오는 만큼 준비가 안 돼 있을 확률이 높거든. 그때 잘못하면 쭉 미끄러지는 거야. '쟤는 아닌가 봐' 하고. 그렇게 한 번 밀리고 나면 다시 기회가 오기까지 또 시간이 걸려. 다시 기회가 오면 다행인 거고. 정작 나중에 연차와 경험이 쌓여서 방송을 더 잘하게 되었을 때는 오히려 주목하지 않지. 아이러니한 거야. 지금 하면 훨씬 더 잘할 수 있을 것 같은데 말이야."

본인의 경험뿐 아니라 신입 아나운서들이 입사하고 고민하는 과정을 수십 번 지켜본 선배로서 아쉬움과 안타까움이 서려 있는 조언이었다. 빨리 주요한 자리에 앉는 만큼 빨리 역할의 한계를 경험하게 되는, 내공을 쌓기 어려운 환경. 아나운서국 안에서 이에 관한 문제의식을 가져보지 않은 여자 아나운서가 한 명이라도 있을까. 하지만 결국 우리는 방송국 안에서 선택받아야 하는 직업이었고 개인이 무언가를 바꾸기는 힘든 공고한 시스템이 있었다. 그 관행 속에서 직감적으로 주변의 기대치를 따라갈 수밖에 없는 것이다.

나 또한 그랬다. 내가 생각하는 1순위 경쟁력은 외모가 아니었음에도 불구하고 하루 중 가장 많은 시간을 외모를 가꾸는 데 쓰고 있었다. 피곤한 일이었지만 가꾸지 않으면 선택받지 못할 거라는 불안함이 늘 있었다. 물론 남자 아나운서도, 남자 앵커도 외모를 가꾼다. 하지만 여성들만큼 작은 사이즈에 집착하거나 외모로 절대적인 평가를 받지는 않는다.

누군가는 여성 아나운서가 하는 역할이라는 게 본래 그런 줄 알고 들어온 것 아니냐 묻기도 했다. 주체성은 무슨 주체성, 예쁜 외모로 잘 차려진 밥상을 맛깔나게 버무려서 기깔나게 전달하면 충분히 밥값은 하는 것이지, 애초에 기대치가 거기까지인 경우도 많았다. 일찍 큰 역할을 맡을 수 있으니 그 기회를 잘 잡아 좋은 혼처를 구하는 것에 힘을 쏟는 것이 현실적이고 똑똑한 거라고 조언하는 사람들도 심심치 않게 만날 수 있었다.

여성 아나운서가 본래 그런 역할을 한다는 건 누가 정한 걸까? 그런 오해 섞인 시각에 맞출 이유는 없었다. 현실이 이러니까 불만이면 나가떨어지거나 적당히 순응하라는 말은 수긍하고 싶지 않았다. 바꾸어나갈 순 없을까? 절이 싫으면 중이 떠나면 된다지만 나는 이 절을 좋아하고 또 미워하는 중이었다. 당장은 뭔가를 바꿔볼 힘도 용기도 없지만 이대로 꺾이진 않겠다 다짐했다. 지금은 방법을 몰라 견딜 뿐이었다.

그렇게 뉴스 앵커로서 2년의 시간이 흘렀다. 마지막 방송을 앞두고 양가의 감정이 밀려왔다. 결국 아무것도 해보지 못했구나 하는 아쉬움과 함께 한편으론 불면증에서 드디어 해방되겠구나 하는 홀가분함도 느꼈다. 그리고 불안했다. 선배가 말했듯 기회가 왔을 때 잘해내지 못하고 나쁜 결과지를 받아든 건 아닐까. 이제 내 가능성은 점점 닫히기만 하는 것 아닐까.

이후 한동안 주로 책상 앞에 앉아 시간을 보냈다. 이제는 뉴스 말고 다른 프로그램을 해보고 싶었지만 입사 초부터 쭉 뉴스를 진행하던 이미지를 벗어나는 게 쉽지 않았다. 제작진들이 날 알기는 할까? 내가 무엇을 할 수 있을까? 누군가 날 찾아야 보여줄 수 있는 곳 아닌가. 기다리는 것 말고는 할 수 있는 게 없어 보였다. 절망감을 느꼈다. 차라리 공부를 하라면 공부를 할 텐데. 다시 이직을 해야 하나? 또 다른 회피일 뿐이었다. 다른 방송국이라고 다를까. 아직 보여주지 못한 게 너무나 많은데, 펼치지 못한 게 가득한데.

인생에서 가장 빛나리라 생각했던 순간 자존감은 바닥을 뚫고 내려가고 있었다. 방황의 시간을 지나며 생각했다. 하지만 이대로 끝나지 않겠다고.

나는 대체되고 싶지 않았다.

오롯이
혼자만의 시간

지난 몇 년간 마음 놓고 휴가를 가본 적이 없었다. 취업준비생일 때는 그런 호사를 누려서는 안 된다고 생각했고, 직장을 다니면서는 늘 이직을 염두에 두고 있었기에 언제 열릴지 모를 공채를 생각하면 쉬이 떠날 수 없었다. 뉴스를 진행하면서는 2년을 통틀어 사흘 휴가를 다녀온 것이 전부였다. 그렇게 늘 다음을 준비하며 바쁘게 살아오다가 갑자기 무엇을 해야 할지 모르는 시간이 찾아오자 낯설고 어찌할 바를 몰랐다. 출근해서 마음 붙이지 못하고 자리에 앉아 괴로워할 바에야 이 기회에 휴가라도 마음껏 써보기로 했다. 인생에서 처음 맞는 휴식기였다.

어디를 가야 한국 사람들을 마주치지 않을까? 취업준비생에게 취업은 했느냐, 직장인에게 연봉은 얼마냐 물어보는 게 스트레스인 것처럼 아나운서에게 요즘 어떤 프로그램 진행하냐는 말은 꽤나 민감한 질문이었다. 어떤 프로그램을 한다거나 잠시 쉬고 있다거나 하면 점수를 매기듯 그에 대한 평가가 묘하게 따라왔다. 이 정도 규모가 큰 방송국에 들어오면 그런 시선과 질문에 흔들리지 않을 줄 알았는데 여전히 타인의 평가에서 자유롭지 못함을 느꼈다. 단단한 자존감은 '무엇'이 되었다고 가질 수 있는 게 아니었다. 스스로 움츠러들어 있었기에 누구를 만나도 마음이 편하지 않았다. 자신감도 고갈되어 있었고 내가 본래 어떤 사람이었는지조차 모르겠는 상태였다. 언제부터, 무엇부터 문제였을까. 다시 나를 찾고 싶었다. 절대적으로 외로울 수 있는 곳에 가서 하나하나 찬찬히 들여다보면 괜찮아지지 않을까. 모든 혼란에서 벗어나 있기 위해, 혼자 떠나야 했다.

비행기표를 찾는데 라오스가 눈에 띄었다. 최근에 모

여행 프로그램에 나와 이름은 들어봤지만 영상은 본 적이 없어 여전히 생소한 곳이었다. 검색해보니 배낭 여행객들의 천국이라 했고 메콩강의 일몰이 아름다운 곳이라 했다. 1월 겨울을 지나고 있었고 휴가철도 아니니까 지금은 한국 사람이 많지 않겠지 싶어 곧바로 비행기표를 끊었다. 본래 여행을 가면 부지런히 아침부터 저녁까지 돌아다니며 본전 뽑겠다 하는 성향이었다. 하지만 오롯이 혼자만의 시간에 집중하기로 하지 않았나. 여행할 때면 늘 패션쇼하듯 넘치게 옷을 담았지만 이번에는 최소한으로 단출하게 꾸렸다.

대신 5년 동안 써온 다이어리와 노트북을 꺼냈다. 일기는 고민과 험담과 자아비판과 고백이 모두 담긴 핵폭탄 보물인지라 혹여 잃어버릴까 웬만해선 집 밖으로 절대 가져가지 않지만 이번에는 용기를 냈다. 나를 다시 돌아봐야 하지 않겠나 하는 마음으로. 캐리어에 넣으려다 혹여 분실되면 어쩌나 싶어 배낭으로 옮겼다. 무게가 꽤 나가 가방이 묵직해졌다. 이번 여행에서 이런 집착도 버릴 수 있게 된다면 얼마나 좋을까. 어떤 계획도 없이 낯선 곳에서 나 자신과 조용히 지내보는 것. 이전에 없던 도전이었다. 떠나기 하루 전날이 되니 살짝 두려운 마음마저 들었다.

비행기 안에서 위화의 《인생》을 펼쳤다. 서문에 이런 이야기가 있었다. 개인과 운명은 서로에게 감사하면서도 서로를 증오한다고. 서로 상대방을 포기할 방법도, 서로 원망할 이유도 없기에 가장 감동적인 우정이라고 했다. '아 지금 나 같네. 이놈의 운명아 어쩌려고 나를 이렇게, 열심히 사는 나를 힘들게 하니' 묻고 싶었다. 예고편도 없이, 바로 링 위에 올라가 실전에서 휘갈겨진 뒤 상처만 남은 듯한 이 운명을 어떻게 받아들여야 하나. 그래도 원망만 할 수는 없었다. 포기하지 않으려고 이렇게 답을 찾기 위해 떠나고 있지 않은가. 내 옆자리엔 '운명'이라는 메이트가 타고 있었다. 우리 잘 지낼 방법을 찾아보자.

늦은 저녁, 라오스 수도인 비엔티안 공항에 도착했다. 이 시간에 라오스로 입국하는 동양인 여자는 나 하나뿐이었다. 오늘 하루만 시내 숙소에서 묵고 내일 곧바로 방비엥으로 떠날 것이다.

검은색 밴을 타고 엉덩이가 아프도록 울퉁불퉁한 길을 네 시간가량 달려 방비엥에 도착했다. 처음 방비엥에 도착했을 때 든 생각은 '내가 생각한 건 이게 아닌데' 하는 것이었다. 한국 사람 왜 이렇게 많아? 여기가 가평이야, 방비엥이야? 거리 곳곳에는 비뚤비뚤 한국어로 쓴 메뉴판이 가득했고 상인들이 오히려 나에게 왜 이렇게 여기에 한국 사람이 많이 오느냐고 묻기까지 했다. 여기저기로 사람들을 실어나르는 삼륜 택시 툭툭 때문에 도로에는 흙먼지가 가득했다. 상상하던 평화로운 풍경과는 거리가 멀었다. 언뜻 보기에 특별할 것 하나 없는 이 동네에 오겠다고 비행기를 타고 또 차를 타고 온 내 정성을 스스로도 이해할 수 없었다.

배낭을 멘 여행객들 사이에서 나 혼자 어울리지 않게 캐리어를 끌고 있었다. 미리 예약해둔 호텔은 눅눅한 공기로 가득했다. 아고다에 지불한 가격을 생각하면 복도 선반이며 바닥 곳곳에 눈에 띄는 흙먼지를 예사롭게 넘길 수가 없었다. 그런데 아무리 쓸고 닦아도 이곳에서는 흙먼지가 금세 쌓일 수밖에 없다는 걸 곧 알게 되었다. 프론트 직원이 지하 1층 방으로 안내해주었다. 퀴퀴한 공기가 참기 힘들어, 미안하지만 다른 방을 줄 수 있느냐고 물었다. 2층을 함께 둘러보고도 여전히 내 표정이 마뜩잖아 보이자 한 층더 올라가 보겠느냐 한다. 3층 복도 끝에 있는 방에 들어간 순간, 창 밖으로 보이는 남쏭강과 산을 보고 나는 단박에 '오케이'를 외쳤다.

다음 날 새벽 네 시 반에 눈이 떠졌다. 온 동네를 쩌렁쩌렁 울리는 알람 소리. "꼬끼오—" 라오스 닭은 뭘 먹고이렇게 힘찬 걸까. 닭이 잠시 울음을 멈추자 고요해졌고, 창문을 여니 시원한 새벽 바람이 들어왔다. 평화로움에 마음이 녹는 듯했다. 한동안 침대에 가만히 누워 있었다. 아침 6시가 지나자 10분도 되지 않은 짧은 시간에 동이 텄고바깥도 환해졌다. 닭은 여전히 힘차게 울고 있었고 거기에쏭강을 가로지르는 모터 소리가 섞이기 시작했다. 달그락, 1층 식당에서 아침을 준비하는 소리가 들렸다. 배가 고팠기에 노트북을 챙겨 야외 레스토랑으로 내려갔다. 워낙 이른 시간이라 나 혼자뿐이었다. 라오 커피 한잔을 따르는데 언뜻 보면 간장이 아닐까 싶게 진한 블랙커피였다. 조심스럽게 후룩 맛보는데 생각보다 쓰지 않았다. 커피 한잔과 노트북, 그리고 이렇게 평화로운 공기가 있다면 행복할 수 있구나. 앞으로 혼자 하는 여행을 사랑하게 될 것 같았다.

첫날과는 다른 둘째 날의 감동, 나는 이것을 여행 둘째 날의 기적이라 부르기로 했다. 어딜 가든 첫날은 낯선 것들이 예민하게 다가오고 불편하게 느껴져 굳이 이 멀리까지 고생해서 왔나 불만에 가득 차기 일쑤다. 하지만 둘째 날이 되면 같은 풍경이 한결 사랑스럽고 다정하게 다가오는 것이다.

다음 날도 새벽 일찍 눈을 떴다. 분명히 이번 여행은 부지런히 다니지 않겠다 다짐했는데 살아온 구력이라는 게 어디 쉽게 버려지나. 오늘 아침엔 먼지 날리는 툭툭을 피해 일찍 자전거를 타고 멀리 나가볼 생각이었다. 자전거를 빌리면서 탐짱동굴을 어떻게 가야 하느냐 물었다. 이 길을 쭉 따라 내려가면 된다고 한다. 쭉 이라면 얼마나 쭉일까, 일단 달려보자. 오랜만에 자전거를 타니 처음에는 중심을 잡기가 힘들어 비틀거렸다. 하지만 자전거를 타는 행위는 본능에 가까운 것 아닌가. 이내 페달 밟는 리듬에 익숙해졌다. 햇빛과 먼지를 피하려 모자에 마스크까지 중무장을 하고 나왔지만, 나의 비장함과는 달리 아침 거리는 먼지 하나 없이 조용했다. 마스크를 벗고 자유롭게 달렸다. 울퉁불퉁한 돌길을 지나고 삐걱거리는 주황다리를 건너자 탐짱동굴 입구에 도착했다. 그런데 이게 끝이 아니었다. 탐짱동굴에 들어가려면 수많은 돌계단을 걸어 올라가야 했던 것이다. 올려다보는 것만으로도 목이 아플 지경이었다. 시계를 보니 아직 아침 여덟 시였다. 정말 지독하게 부지런한 한국인, 아니 나 아닌가. 첫 입장객인가 싶었는데 어랏, 저기 나보다 부지런한 한 명이 계단을 올라가고 있었다!

반가운 마음에 돌계단을 단박에 올라갔다. 어떤 남자가 구두를 닦으며 광을 내고 있다 나를 보고 흠칫 놀랐다. 이곳 동굴 입구를 지키는 관리인이었다. 티켓을 건네고 씩씩하게 동굴 안으로 들어갔다. '그런데 동굴이 원래 이랬나, 여기 왜 이렇게 음침하고 어두운 거지 덜덜….'

동굴 안쪽으로 쭉 발을 디디는 건 용기가 필요했다. 조금 들어갔다 다시 나오기를 반복하다가 이러다 날 새겠다 싶어 관리인에게 돌아가 혹시 같이 들어가줄 수 있느냐고 물었다. 거절하면 어쩔 수 없는 것이지. 내 부탁을 들은 관리인이 거절은 하지 않고 별 말 없이 앞장서서 걷기 시작했다. 안도하며 뒤를 따라가는데 중간 정도 들어가더니 다시 돌아가버리는 게 아닌가. 하긴, 동굴 입구를 지켜야지. 동굴 곳곳에 뚫린 구멍 사이로 방비엥의 멋진 뷰가 보인다는 이야기를 듣고 왔지만 도무지 무서워서 더 들어갈 수가 없었다. 포기다 포기!

밖으로 나와 관리인에게 고맙다고 인사하고 돌아가려는데 계단 저 밑에서부터 세 남자가 숨을 헐떡거리며 올라오고 있었다. 이렇게 반가울 수가. 그들이 올라오자 나는 오랜만에 만난 친구를 기다렸다는 듯 반갑다 인사하며 그들과 함께 동굴에 들어가겠다고 선언했다. 어떻게 이곳에 혼자 왔느냐고 용감하다고 웃는다. 베트남에서 온 통, 티안, 댄이었다. 우리는 함께 아름다운 탐짱동굴을 구경하고 방비엥의 뷰를 배경으로 사진도 찍었다. 동굴 탐험을 마치고 밖으로 나오니 한 무리의 관광객들이 올라오고 있었다. 조금만 늦었다면 이 아침의 고요함을 느끼지 못했겠지. 다시 자전거를 타고 숙소로 돌아오는데 거리에 트럭과 툭툭이 함께 달리며 먼지가 날리기 시작했다. 일찍이 작은 모험을 마친 나는 자전거를 반납하고 숙소로 돌아왔다.

낮이 되자 방비엥의 넓은 거리가 텅 빈 놀이터처럼 조용해졌다. 다들 툭툭을 타고 블루라군으로, 짚라인을 타러, 카약을 타러, 튜빙을 즐기러 떠난 것이다. 평화로움을 어떻게 누릴까 생각하다 블로그에서 본 주황색 파라솔이 있는 카페를 찾아가 봐야겠다 싶었다. 블로그에 카페 이름이나 위치 등이 정확히 나와 있지 않아 이번에도 무작정 거리를 돌아다니며 상인들에게 혹시 이 카페를 아느냐고 사진을 보여주며 물었다. 언뜻 본 것 같다 하며 손짓으로 방향을 가리키는데 서로 손짓이 엇갈리기도 했다. 감을 믿고 언덕 쪽으로 올라갔다.

언덕에 오르자 여기저기에 있는지도 몰랐던 여행자들의 숙소가 몰려 있었다. 어쩐지 호텔이 한산하더라니, 이런 좋은 곳이 있었단 말이야? 투어를 떠나지 않은 여행자들이 평화롭게 게스트하우스 라운지에 삼삼오오 모여 이야기를 나누고 있었다. 아, 나도 저기 끼어서 수다 떨고 싶다. 사람들을 피해 혼자 있고 싶다 생각했는데 금세 사람들 속으로 들어가고 싶어지다니. 그때 누군가 나를 보고 눈을 반짝이며 중국인이냐고 말을 걸었다. 아니라고, 카페를 찾는 중이라 하자 호기심을 접고 동료들에게 여기를 아느냐 큰소리로 물어봐주었다.

알려준 대로 골목 끝에 다다르니 사진 속에서 본 카페가 있었다. 이게 되네! 카페 주인은 근사한 미소로 맞아주었다. 뭐야 여기는 주인도 영화배우 같아. 종일 여기 머물며 책을 읽고 음악을 들어도 좋겠다 싶었다. 쿠션과 의자도 푹신했다. 다시 이곳으로 여행을 온다면 그때는 호텔에 숙소를 잡고 혼자 머물지 않겠다 생각했다. 그때는 더 마음에 쏙 들게 여행할 수 있을 것 같았다. 한 번 더 기회가 온다면, 기회가 다시 온다면 하는 생각을 여기에서도 하고 있다니! 인생의 한 챕터가 끝날 때마다 하던 그 생각을 말이다.

막상 그 순간에 있을 때는 잘 보이지 않는다. 싫었다 좋았다 정이 떨어졌다가, 전전긍긍 하다가, 제대로 즐겨보지도 못하고 시간은 흘러가버린다. 그리고 떠날 때가 되면 왜 그리 몸을 사리고 안전한 길만 갔었나 후회하게 된다.

여행이 말하고 있었다. 걱정만 하지 말고 흘러가는 대로 맡겨봐도 좋다고 말이다. 오늘 아침 일어나 여기를 갈까 저기를 갈까, 이곳은 위험하지 않을까 너무 많이 고민만 하다 아무것도 하지 않고 호텔 방에 머물렀다면 무엇을 경험할 수 있었을까. '바깥은 무궁무진해!' 다행히 아직 나는 여행 중이었다. 이제부터 그리하면 되는 것이다. 그리고 돌아가면 여행지에서 그러했듯 두려워 말고 나의 선택을 따라가보자 다짐했다.

지금 필요한 건
약간의 여유

"잠깐만, 이름이 뭐라고 했지? 이름을 잊어 버렸어."

"그게 아니라, 우리 아직 서로 이름도 말 안 했어!"

"진짜?"

"여기 누들이 맛있다는 말만 하면서 내내 걸어왔는걸. 내 이름은 피터야."

만난 지 두 시간이 지나도록 서로 이름도 모르고 쉴 새 없이 이야기를 나누고 있었다는 걸 뒤늦게 알아차렸다. 주황색 파라솔 카페에서 만난 그는 피터였다.

카페에는 나 말고 또 한 명의 손님이 자리를 잡고 책을 읽고 있었는데, 그가 말을 걸어온 것이다. 대뜸 혹시 북한에서 왔느냐고 물었다. 웬 북한? 파란 눈에 깔끔한 청청 패션을 입고 있고 있는 이 남자, 뭐 하는 사람이지? 그런데 질문이 신박해서 대화를 이어가지 않을 수 없었다. 나중에 알게 된 바로 그의 친화력은 듣도 보도 못한 특별한 것이었다. 이를테면 이런 일이 있었다. 길을 걷다가 누군가 물건을 살까 말까 고민하고 있을 때 피터가 다가가 상인과 구매자가 모두 만족할 만한 값으로 흥정을 도와주었다. 감동을 받은 상인은 그를 집에 초대해 식사를 대접했고 구매자도 레스토랑에서 그에게 밥을 샀다. 좀체 타인에게 경계심을 느끼게 하지 않는 능력을 가진 그는, 나를 처음 만난 순간에도 그랬다.

북한에서 왔느냐 물은 데는 이유가 있었다. 지금 묵고 있는 숙소가 북한 부부가 운영하는 곳이라 혹시나 싶었다는 것이다. 피터의 말에 따르면 그곳에선 매일 '노스코리언맘North Korean mom'이 열두 시간 끓인 육수로 평양 온면을 만들어주는데 이 지역에서 가장 맛있는 누들이라며 극찬을 아끼지 않았다. 숙박비 또한 약 2달러 정도로 놀랍도록 저렴하면서 깔끔하다고 했다. 살면서 북한 주민을 만나본 적이 없었으니 여러모로 호기심이 일었다. 마침 점심시간이었기에 피터를 따라 기가 막힌다는 온면을 맛보기로 했다. 숙소 앞에는 간판 대신 '랭면'이라는 큼직한 글자가 걸려 있었다. 어떻게 이곳을 알았느냐 물으니 방비엥에 도착한 날 동네를 돌다가 우연히 발견했다 한다. 피터의 여행방식이었다.

널찍한 마당에 앉아 온면이 나오길 기다렸다. 피터는 이전에 일 때문에 평양에 가본 적이 있다고 했다. 무슨 일을 하길래? 듣다 보니 그의 직업은 한마디로 정의하기 어려웠다. 세계 곳곳을 다니며 여행지를 소개하는 칼럼을 쓰기도 하고 직접 여행 가이드가 되기도 하고 그러다 어느 한곳에 오래 머물며 영어 과외를 해서 돈을 벌다가 또 훌쩍 어디론가 떠나 아무것도 하지 않는, 직업도 삶도 여행 그 자체였다. 이곳 방비엥에 온 지는 며칠 되었는데 매일 가던 카페의 주인이 원두를 구하러 가서 문을 닫는 바람에 커피머신으로 커피를 만드는 카페를 물어물어 찾다가 아까 그 주황색 파라솔 카페에 가게 된 것이라 했다. 어 그러고 보니! 여행 첫날 캐리어를 끌고 호텔을 찾다가 카페에 앉아 있는 피터를 언뜻 봤던 기억이 났다. 어떻게 이렇게 다시 만났을까.

피터에게 얼마나 많은 나라를 다녀 보았느냐고 물었다. 글쎄, 잘 모르겠다고 한다. 언젠가부터 몇 곳의 나라에 들렀는지 세어보지 않았다면서. 자신에게 더 이상 나라라는 개념이 중요하지도 와닿지도 않는다고 했다. 중국은 대여섯 개의 나라로 볼 수 있을 만큼 지역마다 문화가 다르지만 벨기에 같은 경우는 도시 하나로 여겨도 될 것 같다면서. 어린 시절 영국에서 자라 자연스럽게 영국의 시각을 갖게 된 사람이었고 예전에는 그게 당연했지만 이제는 그곳의 문화도 낯설게 느껴진다고 했다. 피터에게 국적과 나라와 경계는 전혀 중요하지 않은 듯했다. 대화를 나눌수록 이토록 편견 없이 상대를 바라봐주는 사람이 존재한다는 게 신기했다. 무엇보다 그는 진짜 웃겼다. 근 몇 년간 이야기를 나누며 이렇게 많이 웃은 적이 있나 싶었다. 영어 울렁증이 있는 내가 그 앞에서는 수다쟁이가 되는 것도 신기했다. 물론 그의 공이 컸다. 콩을 팥이라고 말해도 콩으로 알아들을 만큼 내 이야기에 집중해주었고 말할 때도 정확하고 또박또박 발음해주었기 때문이다. 하지만 그래서인지 오랜만에 부모님을 만나면 가장 먼저 "어디 아프니? 왜 이렇게 말이 느려?" 묻는다고 했다.

노스코리언맘이 온면을 한 그릇씩 가져다주었다. 이런저런 인사를 나눈 후 드디어 그 맛을 영접했다. '응…?' 슴슴하다 못해 밍밍한 이 온면이 뭐가 그리 맛있다는 거지? 이해하기 힘들었지만 차마 솔직하게 말할 수 없었다. 그는 정말 맛있게 먹고 있었으니까. 피터는 7킬로그램 짜리 백팩 하나 메고 한 달간 걷는 여정도 자주 떠난다고 했다. 안전을 위해 노키아 폰 하나만 들고 인터넷도 없는 곳으로 가서 하루에 정해진 만큼 걷고 쉬어간다면서. 그럴 수 있는 '여유'라는 게 내게는 상상조차 되지 않았다. 나는 무엇이라도 하지 않으면 금세 불안해진다고 말했다. 일이든 취미생활이든 심지어 여행을 떠나와서도. 피터는 빠르게 돌아가는 도시에 살면 당연한 일이라고 말해주었다. 몸이 그 사람의 생활양식을 따라가기 마련이라면서. 그게 위안처럼 들리는 건 왜일까. 살면서 '네가 잘해야지' 하는 말을 듣는 경우는 흔했지만 '네 탓이 아니야' 하는 이야기를 해준 사람은 많지 않았다.

피터에게 혹시 SNS를 하지 않느냐고 물었다. 본인은 그걸 왜 해야 하는지 모르겠단다. 오늘 어디를 갔고, 누구를 만났고 알리는 것도 불필요하게 느껴지고, 무엇보다 사람들이 SNS에는 좋은 점만 보여주려 하기 때문에 그건 진짜 자신의 모습이 아닌 듯하다고 했다.

"네 생각이 많은 사람에게 좋은 영향을 줄 수 있을 것 같아. 그래서 블로그라도 해보면 좋지 않을까 싶었지."

이렇게 멋진 사람이 이렇게 자유롭게 살아가고 있음을 나만 아는 게 아깝다는 생각이 들었다.

"글쎄 나는 이렇게 경험을 공유하는 걸로 충분해. 나와 이야기를 나누고 싶으면 보고 싶다고 휴대폰으로 메시지를 보낼 게 아니라 직접 만날 시간을 내면 되는 거지. 지금 너와 나처럼. 내가 시니컬한 걸 수도 있지만. 지금도 휴대폰을 숙소에 놓고 왔어. 너랑 보내는 시간에 그게 왜 필요하겠어."

나는 그동안 상대방에게 얼마나 온전히 집중했던가 생각해보았다.

"여행지에 가서도 사람들은 블로그를 보고 모두 똑같은 곳에 가. 이곳에 사는 사람들에게 질문하고 이야기할 기회를 스스로 차단해버리는 거지. 난 책이나 인터넷, 어떤 것도 보지 않아. 그래서 남들이 가지 않은 보물 같은 곳을 발견하게 돼. 트립어드바이저 평점 9점이 내겐 6점일 수도 있는 것이고, 정말 상대적인 것이니까."

그렇지 피터, 이 온면이 너에게는 9점 나에게는 6점인 것처럼.

피터는 방비엥에 오면 으레 가본다는 블루라군도 알지 못했다. 어떻게 모를 수가 있지? 그럼에도 내가 보는 그는 누구보다 이곳 방비엥을 충만하게 즐기고 있는 행복한 여행자였다. 피터에게 말했다.

"머리로는 알지. 블로그 리뷰를 보고 실망한 경험은 아마 누구에게나 있을 거야. 나도 그렇고. 그런데도 그런 유혹에서 쉽게 벗어나지 못하는 건 모든 게 한정되어 있기 때문 아닐까. 시간도 돈도. 간만에 갖게 된 소중한 기회를 망치고 싶지 않은 법이니까. 여행만 그런 게 아니야. 우리 인생도 그런 것 같아. 특별한 인생을 살고 싶다는 생각과 달리 남들이 갖고 싶어 하는 직업, 목표를 향해 똑같이 달려가곤 하잖아. 뒤처지거나 인정받지 못한다 생각하면 불안해지니까. 가장 큰 문제는 여유가 없다는 거야. 내가 뭘 원하는지, 내가 진짜 원했던 건지, 잘 가고 있는 건지 생각해볼 여유조차 말이야. 아, 이야기하다 보니까 안 되겠다. 나 이번에 여행 와서 여유 부리겠다고 해놓고 얼마나 부지런히 다녔는지 몰라. 이제 더 게으름 피울래!"

피터가 웃었다.

더 솔직해져도
괜찮아

온면을 먹고 난 후 이메일 주소를 주고받았다. 앞으로 우리가 연락할 방법은 이 이메일이 유일했다. 어디에도 속하지 않은 듯 지혜로운 조언을 해주는 피터는 지금껏 만나본 적 없는 유형의 사람이었다. 떠나올 때 바리바리 싸왔던 다이어리를 들여다볼 필요가 없어졌다. 그와 대화하며 자연스레 답을 찾아가고 있었으니까. 피터에게 다음에 지낼 나라는 어디냐고 물었다. 그가 어깨를 한번 들썩하며 말했다.

"Who knows?"

방비엥에서 하루 동안 많은 대화를 나눈 우리는 언제

또 만나자는 기약 없이 헤어졌다. 다음 날 나는 루앙프라방으로 떠났다.

루앙프라방은 사랑할 수밖에 없는 곳이었다. 그곳의 매력에 푹 빠져 시간을 보내고 있는데 피터에게서 메일이 왔다. 루앙프라방으로 온다는 것이다! 코코넛가든에서 보자 하고 답 메일을 보냈다. 실시간으로 늦는다, 장소를 바꾸자 할 수 없기에 정해진 시간에 정확히 약속 장소에 도착해야 했다. 이렇게 이메일로 약속을 잡는다는 게 신기하면서도 서로를 신뢰하게 되는 좋은 방법이라 생각했다. 다시 마주한 우리는 코코넛 주스를 하나씩 시켰다. 코코넛이 통째로 나오는 주스였다. 맞은편에 앉은 피터가 선글라스를 벗는데, 에메랄드빛의 파란 눈이 눈에 들어왔다. 그에게 눈동자 색이 정말 아름답다고 말하며 사진을 찍어주겠다 했다. 피터는 라오스에 와서 사진을 한 장도 찍지 않았다면서 고맙다고, 사진을 보내줄 수 있느냐고 했다. 적어도 어디에 갔었는지는 알 수 있게 사진이라도 남겨야 할 것 같다고.

그는 이곳 라오스도 너무 복잡하게 느껴진다고 했다. 더욱더 자연과 함께하고 싶다면서 조만간 다즐링에 가볼까 한다 말했다. 그동안 다즐링이 차 이름인 줄만 알았던 나는 덕분에 지구상에 존재하는 새로운 지역 하나를 더 알게 되었다. 피터는 몇 년 전 인도에서 한 달간 지낸 적이 있다며 이야기를 들려주었다. '오쇼OSHO'라는 곳의 명상 프로그램에 참여했는데, 여럿이 함께 지내며 철저하게 그리고 완벽하게 솔직해지는 것이 규칙이라고 했다. 사회화된 가면이나, 하고 싶은 말을 가려 해야 하는 상황에서 완전히 벗어나는 것인데, 어떤 규칙도 규범도 없지만 단 하나 지켜야 할 것이 솔직하되 타인의 자유를 침범하지 않는 것이라고 했다.

"그런 곳이 있단 말이야? 그리고 그게 가능해?"

믿기 힘들다는 반응에 피터가 설명을 이어갔다. 오쇼의 이론에 따르면 마음을 비우는 명상은 1000년 전 방식으로 더 이상 현대인에게 맞지 않다는 것이다. 끊임없이 정보가 들어오고 사건이 일어나는 현실에서 지금 우리가 해야 하는 건 명상이 아니라 마음속의 미움과 슬픔 같은 감정을 잘 비워내고 표출하는 것이라 했다.

"그런데 누구나 솔직해지면 이기적이 되고 싸움이 나지 않을까?"라고 묻자, 그게 흥미로운 포인트인데 잘 굴러간다는 것이다.

"그렇다면 다시 사회로 돌아와서는 혼란스럽지 않았어?" 질문을 이어갔다.

"물론 그 방식을 생활에서 그대로 이어나갈 순 없지. 하지만 그 시간을 통해 하나 터득하게 된 게 있어. 슬픔이나 질투, 화 같은 감정이 발생하는 게 너무나 자연스러운 일이라는 걸 받아들이게 된 거야. 이젠 그런 감정이 일어날 때면 내 마음에게 물어봐. '뭐가 문제인데 그렇게 느끼니?' 하고 감정을 들여다보는 거지. 화가 난 건 내가 아니라 내 마음이거든."

피터는 대체 어디까지 경험을 한 걸까. 그렇게 나는 그에게 감정을 들여다보는 법을 배웠다.

다음 날 우리는 마지막 카드게임을 했다. 피터가 알려준 카드게임을 만날 때마다 했는데, 오늘은 내가 세 번 연속으로 이기고 있었다. 피터에게 신기하다고 말했다. 아니 카드게임 이기는 것 말고, 이렇게 솔직하게 내 이야기를 하게 되는 것이 너무 신기하다고. 실은 고민이든 뭐든 잘 이야기하지 않는 편이라고. 그는 전혀 다른 문화의 사람들이 만나면 오히려 서로의 문화를 몰라서 상대의 기대에 부응해야 한다는 생각을 하지 않기 때문인 것 같다고 말했다. 그래서 자유로운 생각과 행동이 가능해진다고, 여행이 그렇게 만든다고.

그와 헤어지기 한 시간 전 피터는 루앙프라방을 떠나기 전에 호주에 있는 가족들에게 편지를 부치러 가겠다고 했고, 나는 따라가겠다고 했다. 기다랗게 뻗은 길을 함께 걷는데 따뜻한 볕이 내리쬐고 있었다.

"돌아가서 어떻게 해야 할까? 예전에는 이 정도는 아니었는데 언제부턴가 내 생각과 의견을 말하는 것이 어려워졌어."

그는 무슨 말인지 이해한다며 나는 언뜻 보면 감정을 읽기 어려운 사람이라고 했다. 아마 직업의 특성상 점점 더 그럴 수밖에 없었을 거라면서. 피터가 말했다.

"더 솔직해져도 괜찮아."

그는 내가 선택할 수 있는 것들을 이미 많이 갖고 있다고 했다. 그러니 더 솔직해져도 괜찮다고, 자연스럽게 따라가보라고 말해주었다. 자신은 인생에 모든 작은 사건들도 의미와 이유가 있다고 생각한다고, 인생이 그렇게 나를 이끄는 것이라고 말이다. 오랫동안 엉켜 있던 의문이 스르르 풀리는 듯한 순간이었다.

피터는 헤어지는 순간에도 쿨했다. 아쉬운 눈빛이나 악수 대신 어깨를 가볍게 툭 치면서, 즐거웠다고 다시 만나길 바란다고 가볍게 웃을 뿐이었다. 금방 내일이라도 다시 만날 것처럼.

"피터, 우리가 다시 만날 수 있을까?"

"Who knows?"

이곳에서의 지난 시간들이 꿈처럼 느껴졌다. 그리고 앞으로 내 인생이 달라질 것 같다는 예감이 들었다.

그와 헤어지고 돌아오는 길에 생각했다. 여행지에서의

하루하루는 이렇게 특별한데, 일상에서는 왜 매일 버티는 마음으로 살았을까?

더 이상 괜찮지 않은데 괜찮은 척하며 살고 싶지 않았다. 지금의 행복을 일상으로 가져가겠다고, 꿈꾸던 삶의 궤도에서 벗어났다 느끼며 슬퍼하고만 있지 않겠다고 다짐했다.

피터의 말처럼 더 솔직하고 적극적으로 내 삶을 살아가겠어. 그럴 수 있다는 자신감이 생겼다.

얽매이지 않고

머무르지 않고

2장

무엇이든 할 수 있고
무엇이든 될 수 있어

피터를 만난 이후 스스로도 놀라울 만큼 달라지기 시작했다. 우선 그동안 머릿속에 당연하게 자리했던 기준이라는 것이 힘을 잃고 해체되었다. 피터와의 대화를 통해 가치나 문화라는 것이 절대적이지 않다는 사실을 깨달은 것이다. 모든 것은 상대적이었다. '당연히'라는 것은 없었다. 나를 힘들게 하던 기준과 평가들도 경계를 벗어나는 순간 허무하리만큼 간단하고 쉽게 나와 상관없는 것이 될 수 있었다.

익숙한 세계 안에 머물며 이게 전부고 절대적이라 느끼기 때문에 괴로웠던 것이다. 왜 그렇게 상대의 시선에 따라 성공과 행복을 재단하며 살았을까? 무거운 옷을 벗어 던진 듯한 홀가분함을 느꼈다. 자유롭게 살아가며 상대를 존중하는 마음을 가진 피터에게서 앞으로 내가 살아가고 싶은 삶의 방향을 배웠다. 어떻게 주어진 현실에 더 잘 적응하고 살아남을까 고민하기보다 솔직한 마음을 따라가보는 것이다.

어릴 때는 분명 그랬던 것 같은데 언제부터 이렇게 수동적인 사람이 된 걸까? 사회생활을 시작하며 처음 받았던 충격이 잊히지 않는다. 왜 다들 이렇게 눈치를 보며 이야기하는 걸까? 학교를 갓 졸업한 사회초년생의 눈에는 그런 모습이 이상하게 보였다. 직장이란 곳에서는 각자의 개성이 살아남기 힘든 곳이구나 느꼈다. 회사의 규모가 클수록 조직의 유연성은 떨어졌다. 개인이 자유롭게 무언가를 시도해보기 전에 '원래 이런 곳이니까' 체념하게 만드는 거대한 공기와 위계질서가 있었다. 열려 있을 것처럼 보였던 방송국도 이미지와 달리 상상 이상으로 경직되어 있었다. 하지만 시간이 지날수록 의문은 옅어지고 나 또한 차차 적응해나갔다. 그렇지 않으면 이상하다는 소리를 들어야 했으니까, 회사생활이 피곤해지지 않기 위한 적응이었다. 감정은 최대한 절제하고 드러내지 않는 것이 현명해 보였다. 덕분에 사회생활에 알맞은 눈치와 스킬을 점차 갖게 되었지만 그만큼 시시하고 재미없는 사람이 되어가는 듯했다. 한때는 내가 이렇게 힘든 이유가 그만큼 좋은 직장에 있지 못해서라고도 생각했다. 그런데 그게 아니었다.

부산 방송국에 있던 시절 한 선배가 말했다. 야외 촬영을 마치고 회사로 복귀하던 깜깜한 밤이었다.

"무엇이 되는 것이 목표가 되면 허망해지는 순간이 올 거야."

그때는 그 말을 이해하지 못했다. 당시 나는 계속 도전해서 서울에 있는 방송국에 입사하겠다는 꿈을 꾸고 있었으니까. 당연히 더 큰 방송국에 입사하는 게 행복해지고 안정적인 삶을 사는 길 아니겠나. 의심의 여지가 없었다. 하지만 절대적인 행복을 줄 거라 믿었던 그 '무엇'이 된 후에도 근본적인 불안함은 사라지지 않았다. 성취감은 찰나에 지나지 않았다. 무엇이 되었다고 해서 인생의 안정이 굴러들어오는 것이 아니라는 것을 그로부터 오랜 시간이 지나서야 알게 된 것이다.

믿었던 선택을 후회하게 되었을 때 어떻게 받아들여야 할까. 잘못된 선택을 했다고 스스로를 탓하고 싶어질 때, 피터의 말이 위안과 지혜를 주었다. 모든 일에는 의미와 이유가 있다는 말이. 괴로워하며 지낸 지난 몇 년의 시간은 진짜 내 힘을 갖고 싶다는 필요와 바람을 만들어냈다. 상황에 휘둘리지 않고 생존할 수 있는 진짜 힘 말이다.

아나운서로 열심히 방송을 하며 살다가 내일 당장 회사를 그만둔다면 어떻게 될까. 열심히 살아온 과정은 간단한 이력으로 남을 것이다. 불과 하루 전까진 소속이 있고 아나운서라는 직업으로 나에 대해 이야기할 수 있었지만 그게 더는 유효하지 않은 순간이 오면 그때부터 무엇으로 나를 설명해야 할까? 명함 한 장의 차이로 정체성이 좌우될 수 있다는 건 무서운 일이었다. 지금은 화려해 보이지만 벗는 순간 사라져버릴 투명망토인 것이다. 그러니까 회

사와 직장은 내가 잠깐 걸치고 있는 옷일 뿐 나의 본질이
될 수도, 진짜 힘이라고도 할 수 없었다. 진짜 경쟁력은 명
함 떼고서도 살아남을 수 있는 것이다. 이전까지는 무엇이
되기 위해 치열하게 노력했지만 이제는 명함을 떼고도 살
아남을 수 있는 삶을 꿈꾸게 되었다. 대체되지 않을 나만의
힘을 쌓아가는 것으로 생각의 방향이 바뀐 것이다.

　선택받아야 한다는 수동적인 생각에서도 벗어나자 오
랜 시간 나를 짓누르던 허무주의가 사라졌다. 언제까지 이
자리를 유지할 수 있을까, 다음 기회가 올까, 이대로 커리
어가 끝나는 건 아닐까, 무엇을 위해 열심히 살았던 걸까
하는 불안감은 더 이상 유효하지 않은 고민이었다. 회사는
본래 내가 원하는 자리를 만들어주지도 떠먹여주지도 않
는다는 현실을 인지했다. 기회가 오지 않으면 적극 만들면
되는 것이다. 나의 잠재력과 가능성은 누구보다 스스로 잘
알지 않은가.
　끝이 아니라 이제야말로 본격적인 시작이었다. 용감해
진 기분이었다. 눈치 보지 않는 것만큼 대담한 힘은 없는

것이니까.

　다짐했다. 나는 앞으로 쉽게 떠나지도, 꺾이지도 않을 것이다. 스스로 뿌리내리고 힘과 영역을 확장해나갈 것이다. 나는 무엇이든 할 수 있고, 무엇이든 될 수 있다.

안경 낀 여자 앵커,
왜 이리 낯설지?

~~~~~~~~~~~~~~~~~~~

이전에 뉴스를 진행하며 힘들었던 데는 또 다른 이유가 있었다. 방송국 안팎에서 언론으로서의 기능을 제대로 하지 못한다는 비판을 받고 있었기 때문이다. 뉴스를 진행하는 나조차 납득하기 힘든 소식을 전해야 할 때면 어떠한 자부심도 갖기 힘들었다. 그래서 더욱 무엇인가를 해볼 생각을 하지 못한 채 무력함에 빠져 있었다. 함께 아나운서국에 있어야 할 여러 선배들은 다른 곳으로 전보되어 있었다. 어떻게 아무렇지 않게 방송을 할 수 있을까. 늘 마음 언저리에 미안함이 자리했다.

그러다 회사의 파업이 시작되었다. 아이러니하게도 파업 당시가 입사 후 가장 행복하고 마음 편안한 시절이었다. 이 시간이 끝나면 동료들과 다시 함께할 수 있을 테니까. 파업 기간 거의 모든 프로그램이 잠시 멈추었다. 그리고 같은 해 12월, 파업이 끝나고 새롭게 거듭나겠다는 각오로 방송이 재개되었다. 새롭게 시작하는 뉴스 체제에서 나는 다시 아침 뉴스를 맡게 되었다. 복합적인 마음이었다. 이전 기억을 떠올리면 피하고 싶다가도, 이번에는 다를 수 있지 않을까 하는 의욕이 차올랐다. 새로운 시작이니, 이제부터 내가 달라지면 되는 것이다. 예전처럼 주위의 기대치를 예단하며 스스로 역할을 한정하지 않겠다 다짐했다.

다시 아침 뉴스를 진행하며 새로운 습관을 갖게 되었다. 새벽 일찍 눈 뜨자마자 다섯 시간을 바쁘게 달려왔음에도 뉴스가 끝난 후에는 오전 여덟 시가 채 되지 않았다. 대부분의 사람이 아직 출근도 하지 않은 고요한 시간, 무엇을 하면 좋을까 생각하다 매일 아침 한 시간씩 글을 쓰기로 했다. 방해받지 않고 조용히 글을 쓰기 이보다 좋은 시간이 있을까. 혼자 이곳저곳 여행을 하던 기간 동안 글쓰기는 내게 어떤 약보다 좋은 치유제가 되어 있었다.

뉴스가 끝나면 구내식당에서 아침을 먹는 대신 회사 맞은편 커피템플로 향했다. 달달한 자몽티와 빵 한 조각이 아침 식사였다. 매일 첫 손님이었기에 경쟁 없이 좋아하는 창가 자리에 앉을 수 있었다. 그렇다고 부지런히 글만 쓰는 건 아니었다. 창가에 앉아 사람들이 출근하는 모습만 바라보다 돌아가기도 하고, 비가 오는 날에는 둥둥 떠다니는 우산들을 보며 음악을 듣고, 출근길에 커피를 테이크아웃하러 들어온 선배들과 이야기를 나누기도 했다. 몇 줄만 끄적이다 돌아가는 날이 훨씬 많았지만 나를 위한 한 시간을 보내고 나면 하루가 풍성해지는 기분이었다.

그러던 어느 아침이었다. 뉴스 코너 중에 여러 신문의 흥미로운 기사를 골라 소개하는 시간이 있었는데 그날 마침 평창동계올림픽에 출전한 김은정 선수의 기사가 눈에 들어왔다. 여자 컬링 대표팀 주장으로 팀을 이끌며 '안경 선배'라는 애칭으로 불리는 김은정 선수의 리더십, 오늘의 글감이었다. 카페에 앉아 새하얀 모니터 위에 글을 적기 시작했다. '왜 사람들이 김은정 선수의 리더십에 열광하는 걸까?' 그리고 키보드 위에서 손이 멈췄다. '안경'이라는 단어가 생각을 붙든 것이다.

'그러고 보니, 왜 여자 앵커들은 안경을 끼지 않는 걸까?'

몇 년간 뉴스를 진행하면서도 한 번도 가져보지 못한 의문이었다. 너무나 당연했기 때문이다. 정규 뉴스에서 여자 앵커가 안경을 낀 적이 있었나 생각해보는데 떠오르지 않았다. 그에 비해 안경 낀 남자 앵커들은 숱하게 떠올릴 수 있었고 지금 당장 어느 채널에서나 발견할 수 있는 흔한 모습이었다. 며칠간 머릿속에서 그에 대한 생각이 떠나지 않았다. 안경을 쓰면 많은 것들이 편해지지 않을까? 새벽 일찍 일어나 늘 뻑뻑하던 눈의 피로도 덜 수 있을 테고, 스튜디오의 강렬한 조명도 피할 수 있을 테고, 속눈썹을 붙일 필요도 없을 테고, 눈 화장도 가벼워지지 않을까? 그런데 안경을 껴도 되는 건지 왜 이렇게 고민이 되는 걸까. 누구도 여자 앵커에게 안경을 끼면 안 된다고 주의를 준 적 없는데 말이다. 그럼에도 불문율처럼 여자 앵커에게 금기시되었던 일임을 깨달았다.

며칠 뒤 안경을 아나운서국 캐비닛에 넣어두었다. 안경을 끼지 않을 이유가 없다는 확신이 들었기 때문이다. 하지만 실행하는 데는 용기가 필요했다. 뉴스에서 안경을 끼는 것에 대해 다른 사람들의 생각이 궁금했다. 함께 뉴스를 진행하는 박경추 선배에게 가장 먼저 물어보았다.

"선배님, 제가 뉴스에서 안경 끼면 어떨 것 같으세요?"

"왜, 끼면 되지?"

선배다운 시원시원한 대답이었다.

"그런데 혹시, 안경 낀 여자 앵커 본 적 있으세요?"

"아… 그러고 보니까? 왜 안 끼는 거야?"

선배도 여자 앵커가 안경을 끼지 않는다는 걸 의식하지 못하고 있던 것이다.

"그러니까요. 누구도 끼지 말라고 한 적 없는데 왜 망설여질까요. 상상하기 힘들다고 해야 하나….”

“몰랐던 사실이네. 나는 안경 끼는 것 찬성이야!”

선배의 긍정적인 답변에 용기가 생겼다. 그렇다면 시청자 입장에선 어떨까. 모임에서 만난 지인들에게도 똑같은 질문을 했다.

“나 조만간 뉴스에서 안경 낄까 하는데 어떻게 생각해? 많이 낯설까?”

남자 지인들은 단박에 똑같은 반응을 보였다.

“왜 끼면 안 되는 거야?”

“혹시 안경 낀 여자 앵커 본 기억이 있어?”

“아…. 그러고 보니 왜 본 기억이 없지? 다들 눈이 좋은가?”

여자 지인은 곧바로 그 배경을 이해하고 말했다.

“여자 앵커가 안경을 끼면 왠지 안 꾸몄다고 생각하지 않을까. 쉽게 결정할 수 있는 문제는 아닌 것 같아.”

그것이었다. 여자 앵커가 안경을 끼면 꾸미지 않았다는 인상을 줄 수 있다는 것. 즉 완벽하게 꾸며야 하기 때문에 안경을 끼지 않는 게 당연하게 여겨진다는 것. 얼마나 이상한 인식이자 고정관념인가? 성별에 따라 앵커의 외적인 모습에 다른 기대치가 존재하는 것이다. 여자 앵커가 '덜' 꾸미는 것은 용기가 필요한 일이었다. 안경 낀 여자 앵커를 상상하니 낯설게 느껴진다는 사실에 다들 놀라워했다. 그리고 용기를 실어주었다.

이렇게 여럿에게 질문을 던지며 하나 깨닫게 된 것이 있었다. 같은 질문에 대해 남자와 여자가 다른 반응을 보인다는 사실이었다. 대부분의 남자들은 애초에 왜 안경을 낄지 말지를 고민하는지 이해하지 못했다. 그런 고민을 할 계기와 경험이 부재했기 때문이다.

이해하지 못하는 것이 잘못이라는 말을 하려는 게 아니다. 경험해본 적 없기에 알지 못하는 것이 어쩌면 당연할 것이다. 다만 남자들 또한 외적인 모습에 대해 고민하며 살아가지만, 여성이 느끼는 무게나 촘촘함과는 다른 종류의 것이었다. 여자들은 대부분 고민의 배경을 곧바로 알아챘다. 하지만 그 이상의 논의까지는 잘 이어지지 않았다. 문제의식을 느끼지만 다시 익숙한 프레임 안에 머물고

마는 것이다. 알면서도 아무것도 하지 않는다면 무엇이 바뀔 수 있을까? 고민을 거듭하며 내 마음은 어디론가 기울고 있었다.

일단 저질러야
할 때가 있는 법

"선배님, 저 오늘 안경 끼고 진행하겠습니다."

생방송 10분 전이었다. 원고를 정리하고 뉴스 스튜디오로 들어가기 전 보도국 선배에게 말했다.

"어? 어, 어."

그날은 평소보다 피곤한 아침이었고 이런 날 안경을 껴야겠다 마음먹은 참이었다. 캐비닛에서 안경을 꺼내 착용하고 보도국으로 향했다. 뉴스 시작 전 그래도 담당 선배에게 알리긴 해야겠다 싶어 간단히 말씀드린 것이다. '아 떨려. 하루 이틀 진행한 뉴스도 아닌데 왜 이리 긴장되지.' 여느 때처럼 뉴스부조종실과 스튜디오 감독님들께 인사를 드리고 자리에 앉아 마이크를 차는데 카메라 감독님, 조명 감독님, PD 선배까지 하나둘 카메라 앞으로 다가와 물었다.

"현주 씨, 오늘 안경 끼는 거야? 눈 어디 다친 거 아니지? 갑자기 웬 안경이야?"

여러 질문이 한꺼번에 쏟아졌다. 궁금증과 의아함을 가질 거라 당연히 예상했지만 막상 닥치니 하나하나 어떻게 답변해야 할지 난감했다. 이유를 나열할수록 변명처럼 들릴 듯했고 웃으며 간단히 대답했다.

"네, 오늘 그냥 안경 껴보려고요."

신기하다는 반응과 '쓰읍' 하는 마뜩잖음이 섞여 돌아왔다.

앵커 앞에는 여러 대의 모니터 화면이 있어서 본방송이 시작하기 전 모니터로 어떻게 나오나 확인할 수 있는데, 화면 속 모습은 내가 봐도 낯설었다. 시청자들이 어떻게 생각할까? 자연스럽게 받아들일까? 아무렇지 않을까? 싫어할까? 신경 쓰이는 건 어쩔 수 없었다. 게다가 오늘 함

께 뉴스를 진행하는 파트너는 내 결정에 지지를 보내주었
던 박경추 선배가 아니었다. 마침 그날 출장을 떠나 김대
호 선배가 자리를 대신하고 있었다. 긴장한 나를 보고 선
배가 자신감을 심어주었다.

"정말 잘 어울려. 시청자들도 좋아할 것 같은데?"

어쩜 이리 파트너 복이 많은지. 하지만 선배의 응원에
도 불구하고 그날 뉴스는 평소보다 길게 느껴졌다.

뉴스가 끝나고, 시작 전과 달리 이번에는 스튜디오에서
도 뉴스부조종실에서도 싫다 좋다 아무런 반응이 없었다.
어떻게 받아들여야 하나 선뜻 판단하지 못하는 듯했다.

"수고하셨습니다!" 인사를 드리고 다시 보도국으로
향하는 발걸음이 무거웠다. 보도국에 들어서는 나를 보고
한 선배가 말을 걸었다. 아까 너무 급작스럽게 들어가서
자세히 물어보지 못했는데 오늘 왜 안경을 꼈는지 다른 사
람들도 궁금해하며 이유를 묻는다는 것이다. 아나운서국
과는 협의가 되었는지 묻는 선배도 있었다. 안경을 끼는
게 협의를 해야 하는 사항은 아니라고 생각해서 아나운서
국에 따로 말씀을 드린 건 없다고 답했다. 이런 분위기라

면 내일부터 안경을 끼지 못할 수도 있겠구나 싶었다. 다정한 말투로 걱정을 실어 한 선배가 말했다.

"현주 씨 이미지도 생각해봐. 너무 냉철해 보일 수 있지 않을까?"

아나운서국으로 향하며 침울한 마음이 들었다. 여자 앵커는 냉철해 보이면 안 되는 건가? 선배가 별달리 나쁜 의도를 실었다기보다 오히려 나를 위하는 듯한 말투로 물었기에 이 벽이 더욱 공고하게 느껴졌다. 그날은 카페로 글을 쓰러 가는 대신 아나운서국에 앉아 선배들이 출근하길 초조하게 기다렸다. 국장님이 오자마자 오늘 있었던 일을 말씀드리는데, 너무 좋은 시도라며 격려해주셨다. 다른 선배들도 깜짝 놀랐다면서도 대부분 내 결정을 지지한다는 반응이었다. 물론 우려를 표하는 의견도 있었다. 취지를 이해하고 응원하지만, 다소 보수적일 수 있는 보도국이나 여타 부서에서 부정적인 피드백이 돌아오면 어쩌나 하는 것이었다. 조금 더 힘을 키워 나중에 내가 선택할 수 있는 상황에서 시도하는 건 어떨까 하는 제안도 있었다. 물론 판단과 결정은 나의 몫이었다. 시청자들의 반응은 아직 알지 못하는 상황이었다.

그때 휴대폰 진동이 울렸다. '모르는 번호?'

"여보세요."

"안녕하세요. 임현주 앵커 번호 맞죠? 연합뉴스 기자입니다."

"네…. 그런…데 무슨 일이시죠?"

"오늘 아침 뉴스 잘 봤어요. 저희 보도국장님도 아침 뉴스 보고 너무 신선하다며 언제부터 안경을 꼈는지 궁금해하시더라고요. 개인적으로도 너무 좋았고요. 혹시 인터뷰 가능하실까요?"

생각지도 못하게 연합뉴스에서 인터뷰 요청이 온 것이다. 잠시 후 인터넷에 기사가 실렸고 이내 온갖 매체에서 관련 기사가 쏟아졌다.

그리고 나는 그날, 태어나서 가장 많은 전화를 받았다. 내가 알고 있는 거의 모든 매체에서 연락이 왔다고 해도 과언이 아니었다.

기사마다 수백 개의 응원 댓글이 쏟아졌다. 지금 무슨 일이 일어나고 있는 거지? 이런 반응은 상상해본 적 없었기에 그저 얼떨떨했다. 방송국 안에서 호불호와 찬반이 엇갈릴 거라고는 생각했지만 이만큼 반향이 클 줄은 예상하지 못했다.

만약 연합뉴스에서 전화가 오지 않았다면 다음 날 안경을 또 낄 수 있었을까? 그날 아침 전화는 운명의 전화였던 걸까? 그리고 만약, 그날 용기를 내지 못하고 안경을 끼지 않았다면 지금 어떻게 되었을까? 뉴스가 끝나고 이런저런 누군가의 얼굴과 말을 떠올리며 고민하다 다음 날부터 안경을 벗었다면…? 수많은 '만약'이 떠올랐다.

그렇다. 어떤 일은 너무 많은 생각을 하거나 너무 많은 얼굴을 떠올리는 대신 '저질러야' 할 때가 있는 것이다.

서로에게
용기가 되다

<hr />

인터뷰를 요청했던 여자 기자들은 전화를 끊기 전 공통적으로 내게 들뜬 목소리로 '고맙다'고 말했다. 본인 또한 보도국의 경직된 분위기 속에서 여러 외적인 제약을 경험했기에 얼마나 용기가 필요했을지 공감한다면서, 뉴스에 등장한 안경 낀 내 모습에 후련함과 대리만족을 느낀다고 했다.

기사화된 후 시청자들의 반응도 뜨거웠다. 매일 아침 습관처럼 틀어놓던 뉴스인데 평소와 다른 앵커의 모습에 깜짝 놀라 멍하니 화면을 바라보고 있었다는 이야기, 부모님을 급히 불러 함께 봤다는 이야기, 뉴스를 보며 환호했다는 이야기들을 들려주었다. 가장 많은 반응은 역시나 여자 앵커의 안경을 생경하게 느끼는 스스로에게 놀랐다는 것이었다. 왜 여자 앵커가 안경을 끼지 않는데 의문을 가지지 않았는지 모르겠다면서 의아해했다. 그러면서 그동안 당연하다고 생각했던 것들이 당연하지 않을 수 있음을 생각하는 계기가 되었다고 말했다.

특히 여성들에게 안경은 각자의 경험과 오버랩되어 많은 공감을 불러일으켰다. 그동안 취업 면접을 보러 갈 때면 당연히 렌즈를 껴야 했고, 안경을 끼고 출근하는 날에는 '오늘 아침에 바빴나봐?', '하루쯤 꾸미기 싫은 날도 있지' 하는 이야기를 들어야 했다. 안경 낀 모습은 꾸밈에 대한 정성 부족으로 평가받았다. 그런 이야기가 타당하지 않다는 것을 알고 있지만 어찌하지 못하는 경우가 많았던 것이다. '남들 다 하는데 왜 유난이야, 거 참 예민하네' 하는 심드렁한 반응들은 또다시 상처와 좌절감을 느끼게 할 뿐이었다.

하지만 덕분에 용기를 갖게 되어 다음 날 안경을 끼고 학교에 등교하거나 회사에 출근했다고도, 이제 누군가 안경 쓴 모습을 보고 왜 꾸미지 않았느냐 물으면 당당하게 반문해도 되겠다는 확신을 얻었다고도 했다. 얼마 뒤 모 항공사에서는 여성 승무원들이 안경을 착용할 수 있게 허용되었다는 뉴스를 접했다. 여러 해외 매체로부터도 인터뷰 요청이 쏟아졌다. 일본, 홍콩, 대만 등 아시아권에서는 여성들에게 공통적으로 요구되는 외적인 제약이 공감대를 불러일으킨 듯했고, 〈뉴욕타임스〉, BBC를 비롯한 서구권 외신에서는 한국에서 왜 이번 일이 화제가 되는지 궁금해하며 취재를 하러 왔다. 여성 앵커가 안경을 낀 것이 어떤 의미인지, 한국에서 여성들이 외모와 꾸밈에 대해 어떤 압박감을 느끼는지, 이에 대한 비판적인 시각과 함께 어떤 변화의 움직임이 있는지에 관해 여러 대화가 오갔다.

그러면서 나는 그동안 미디어에 나오는 여성으로서 나 자신도 실감하지 못했던 중요한 역할 한 가지를 깨닫게 되었다. 내가 입는 옷, 행동, 말투 등 화면에 나오는 모습이 여성에 대한 인식과 이미지를 만드는 데 영향을 주고 있다는 사실이었다. 그간 스스로도 답답함을 느꼈던 획일화된 아름다움의 이미지와 기준을 공고히 하는 데 아이러니하게 나도 한몫을 하고 있었다니! 다른 모습을 보여주는 것만으로도 누군가에게 용기가 되고 자신이 틀리지 않았다는 위로가 된다는 것, 나아가 사회의 인식을 바꾸는 계기가 된다는 것이 놀라웠다. 더 낯설고 다양한 모습이 미디어에 나와야 했다. 나부터 변하면 되는 것이다.

보이지 않았던 연결선도 느낄 수 있었다. 나의 모습이 누군가에게 용기를 주었듯 시청자들의 응원은 다시 부메랑처럼 돌아와 내게 용기가 되었으니까. 시청자의 지지와 응원이 없었다면 계속 용기를 가질 수 있었을까? 우리는 서로에게 영향을 주는 존재였다. 작은 용기가 또 다른 용기를 불러오고, 더 많은 용기를 만들어내는 것이다.

잊지마,
너의 진짜 경쟁력을

‘다이어트, 어디까지 해봤니?’ 이 질문에 얼마나 많은 눈물 겨운 경험담이 쏟아지겠는가. 우선 나부터 말하자면 열 개도 넘는 다이어트 버전을 줄줄이 읊을 수 있다. 수많은 다이어터들이 입문으로 삼는다는 덴마크 다이어트, 3일 내내 착즙 주스만 마시는 디톡스 다이어트, 단백질은 살 안 찐다고 믿는 저탄고지 다이어트, 포만감과 저칼로리를 동시에 잡는 방울토마토 다이어트, 요즘 세상에는 한 끼만 먹어도 된다 하는 1일 1식 다이어트, 체질을 바꿔준다는 한약 다이어트까지.

　그런데 본래 나는 다이어트 문외한이었다. 아나운서

104

시험을 준비하기 전까지는 말이다. 타고나길 마른 체형은 아니었고 잔병치레 없는 건강한 몸으로 살아왔다. 별다른 운동을 하지 않아도 어릴 때부터 군살 없이 탄탄한 복근이 있었는데 아무리 밥을 많이 먹어도 배가 나오지 않아 원래 다들 그런 줄 알았다(그러니까 과거에 말이다). 건강미 넘친다는 소리를 자주 들었지만 당시에는 그 '건강미'라는 말이 싫었다. 어릴 때부터 본능적으로 느꼈던 것 같다. 미디어에서도 일상에서도 하얗고 여리여리한 모습이 이견 없이 고개를 끄덕이는 미의 상징이라는 것을. 어릴 때는 종종 울면서 집에 돌아왔었다.

"엄마 나는 왜 피부가 까매? 오빠는 하얗게 낳아놓고?" 엉엉.

난감했던 엄마는 "엄마도 어릴 땐 까무잡잡했어, 그런데 크면서 하얘졌는걸" 하며 달래주었다. 아빠는 앞으로 우리 딸 같은 건강미가 대세가 될 거라며 고슴도치 부모처럼 무작정 나를 치켜세워주었다.

학창 시절을 지나면서는 일자 다리를 가진 마른 친구

들을 보며 부럽다는 생각은 했지만 거기까지였다. 부럽다고 해서 혹독한 다이어트로 이어지지는 않았다. 대학에 와서도 마찬가지였다. 애인을 사귈 때 내 자연스러운 모습 그대로를 좋아할 사람만 좋아해주면 되지 하며, 외모 따라 호감이 요동칠 사람이라면 나도 사양이다 싶었다. 나만의 지성과 아름다움이 있다는 높은 자존감이 있었던 것이다. 평생 먹는 것에 죄책감을 느낀 적도 없었다. 어릴 때부터 일어나면 야무지게 밥을 챙겨 먹는 것으로 하루를 시작했고, 부모님은 체력 떨어지면 안 된다며 늘 삼시 세끼 잘 챙겨 먹으라 당부하셨다. '밥이 힘이다' 하는 것을 의심치 않았기에 내 몫으로 돌아온 밥을 남기는 일이 거의 없었다.

하지만 아나운서가 되겠다 결심한 이상 다이어트는 거스를 수 없는 일이 되었다. 카메라에 비친 모습을 보니 더 날씬해야 화면에 잘 나오겠다 싶은 것이다. 본인 목소리가 녹음된 오디오를 들었을 때 느끼는 생경함처럼 화면으로 본 모습도 그러했다. 방송일을 하려면 불특정 다수의 눈에 보편적으로 아름다워 보여야 한다 생각했고. 미디어 속의 보편적인 아름다움이란, 군살 없는 마른 몸 아니었던가. 목표라는 것을 세우고 나니 그때부터 먹는 일에 예민해졌다. 식사 시간에 상대방은 얼마나 먹는지 처음으로 의식하게 되었는데, 깜짝 놀랐다. 마른 애들은 그냥 마른 줄 알았는데 그게 아니었던 거다. '이렇게 조금만 먹는다고…?' 마른 친구들도 일상적으로 다이어트를 하고 있었고 먹는 것에 죄책감을 느끼며 스트레스를 받는다는 것을 알고 적잖은 충격을 받았다.

한번은 이런 일이 있었다. 공채 시험을 앞두고 혹독한 다이어트에 돌입해 있던 때, 애인과 콩국수 집에 점심을 먹으러 갔다. 내가 또 콩국수를 얼마나 좋아하는데. 특히 그 집 콩국수는 기가 막혔다. 애인에게 말했다.

"괜찮아, 나는 국물만 마셔도 되니까 편히 먹어."

100퍼센트 콩만 갈아 만들었다는 걸쭉한 콩 국물을 후룹후룹 마시는데, 맞은편에서 그가 너무나 맛있게 후룩후룩 면을 삼키는 것 아닌가. 그 맛을 알기에 더욱더 먹고 싶었다.

"나 한 입만 먹으면 안 돼?"

젓가락으로 길쭉한 면을 떠서 숟가락 위에 한가득 담아 '아―' 먹으려는데 "안 먹는다며?" 놀리기 시작했다. 그 말에 반박은 못 하겠고 서러움이 밀려와 그대로 콩국수집을 박차고 나와버렸다. 그놈의 다이어트 때문에, 콩국수한 입 때문에 헤어질 뻔했다는 웃픈 이야기다. 여하튼 혹독했던 다이어트로 인생에서 가장 날씬한 몸을 가지게 되었지만 계속해서 더 말라야 한다 생각했다. 치열한 시험에 합격하려면 어쩔 수 없는 일 같아 보였다. 아나운서 시험에서 외모는 360도 평가의 대상이 되는 듯했다.

운동은 또 어떻고. 안 해본 운동이 없었다. PT와 필라테스를 번갈아 끊으며 1년에 수백만 원을 유지비로 지출했다. 점차 날렵하고 날씬해지는 몸을 보며 운동의 재미를 느끼기도 했지만 그런데 하루 이틀 운동을 하지 않으면 불안해졌고 몇 번 운동을 거르고 나면 망했다 싶어 극단적인 포기로 흘러갔다. 날씬한 몸과 함께 올라갔던 자존감이 무너지면서 우울의 늪으로 급격히 빠져들었다. 요요가 와서 살이 쪘을 때는 여기저기에서 '아나운서인데 관리를 안

하나 봐' 하는 펀치가 날아왔다. 겉으로는 웃어넘겼지만 마음의 상처는 오래갔다. 다시 마음을 다잡고 운동을 시작할 때는 트레이너에게 간절하게 부탁했다.

"몸이 힘들어도 좋으니 무조건 빡세게, 날씬하게 만들어주세요!"

힘들더라도 외모를 가꾸면 결국 본인이 제일 좋은 것 아니냐 물을 수 있다. 예쁘다는 말을 싫어하는 사람은 아마 없을 테니까. 나도 그러한 칭찬을 늘 기분 좋게 받아들였다. 하지만 취업을 준비하면서, 직장생활을 하면서, 방송일을 하면서 확실하게 깨닫게 되었다. 여성의 외모와 아름다움에 대해 공기처럼 퍼져 있는 일상의 평가들은 여성 개인이 가진 진짜 힘을 무력화시킬 수도 있다는 것을. 나뿐 아니라 방송을 하는 여성 진행자들 대부분 열심히 공부하며 자신만의 경쟁력을 갖고 있는 사람들이었다. 각자 주체적인 힘을 갖고 있고 지적 욕구가 있는 동료들임에도 방송국에 들어와서는 획일화된 잣대로 외적인 모습을 우선해서 평가받게 된다. 커트라인에 들어가기 위해 외모를 가꾸는 일에 치중할수록 점점 대상화되는 것에 익숙해지고 수동적으로 변해가는 것이다.

적극적으로 리드하고 의견을 말하는 대신 수줍고 예쁘게 웃는 모습을 더 자주 보여주면서, 주요 뉴스를 전하는 남자 앵커 옆에서 잘 정리된 뉴스를 깔끔하게 읽으면서 말이다. 우리들이 각자 가지고 있던 경쟁력은 언제, 어디로 사라져버린 걸까? '나는 네 속의 열정을 알고 있어. 너도 내 마음이 느껴지지 않니?' 내 옆의 동료에게 말을 건네고 싶었다.

하면 안 되는
이유가 있는 걸까?

~~~~~~~~~~

어느 날부터 방송에서 편안한 의상을 입기 시작했다. 안경을 낀 후, 이전에는 불편하지만 감내하던 것들이 더 이상 당연하지 않다는 생각이 들었기 때문이다. 게다가 안경에는 원피스보다 셔츠와 바지가 훨씬 잘 어울렸다. 타이트했던 의상이 넉넉해지자 다이어트를 자연스레 그만두게 되었다.

그동안 옷 사이즈는 자존심의 문제였다. 쇼핑을 하러 갈 때나 코디 팀이 가져다준 협찬 의상을 피팅할 때, 옷을 잘 소화해야 민망하지 않다 느꼈다. 평균의 몸보다 마르지 않으면 아쉽다는 이야기를 들었고, 조금만 살을 빼면 훨씬 경쟁력 있을 텐데 하는 조언을 좇았다. 하지만 이제는 아니었다. 나 스스로 기본값을 다시 설정했다. 적당하고 건강한 몸이면 충분했다. 이제는 외적인 아름다움보다 나만의 실력과 경쟁력으로 차별화되겠다 다짐했다.

코디 언니에게 더 이상 짧은 원피스나 타이트한 재킷을 가져오지 말아달라 부탁했다. 대신 편안한 셔츠와 재킷, 바지를 가져다 달라고 부탁했다. 그러자 엄청난 해방이 시작되었다. 짧은 치마나 원피스를 입기 위해서는 다리 마사지를 받거나 칼로리를 따지며 허리 사이즈와 라인을 다듬어야 했지만 옷이 조금 넉넉해지자 그러한 것들로부터 자유로워진 것이다. 고작 몇 밀리미터의 사이즈가 나를 얼마나 옥죄어왔던가.

시간이 흐른 지금 이전보다 의상이 반 사이즈 정도 늘었다. 다이어트를 하지 않는 것에 비해 살이 확 찌지 않은 이유는 되려 사이즈에 집착하지 않았기 때문이다. 다이어트를 늘 의식하고 살 때는, 금기시되었던 욕구가 한 번씩 폭식으로 이어지곤 했다. 하지만 이제는 몸매보다 컨디션과 건강에 집중하며 즐겁게 운동하고 즐겁게 먹는 덕에, 극단으로 치닫지 않는다. 물론 가끔은 다이어트를 한다. 중요한 행사나 일정을 앞두고 내가 하고 싶어질 때 말이다. 다이어트 자체는 죄가 아니다. 다만 그것이 마른 몸에 대한 집착으로 이어지거나, 그로 인해 고통받고 흔들린다면 한 번쯤 완전히 해방되어 자신만의 리듬과 기준을 되찾을 필요가 있다.

나는 다이어트라는 말을 가급적 쓰지도 말하지도 않으려 한다. SNS에 다이어트를 한다고 올리는 것만으로도 마른 몸매가 당연하다는 인식을 갖게 할 수 있기 때문이다. 방송에서 어쩔 수 없이 다이어트나 날씬한 몸매를 부각시키는 아이템을 소개해야 할 때도 과도한 칭찬은 삼가고 할 수 있는 선에서 다른 식으로 표현을 대체한다. 다양한 모습이 존중받도록 상대에 대한 평가를 지양하는 것이다.

이후 계속해서 하나둘 불편한 것을 그만두었다. 발목을 아프게 하던 높은 구두는 한결 낮아졌고 눈을 건조하게 하던 속눈썹을 붙이지 않고 방송을 하기 시작했다. 피부관

리숍에 누워 마사지를 받는 것도, 네일아트도 그만두었다. 그러자 선물처럼 시간이 생겼다. 적성이 맞지 않는 곳에 시간과 돈을 쓰는 대신 진짜 내가 투자하고 싶고 경쟁력을 키우고 싶은 곳에 에너지를 쏟게 된 것이다. 글을 쓰고 책을 읽고 영화를 보고 칼럼을 쓰면서.

어느 날은 방송에서 넥타이를 매기 시작했다. 매번 코디 팀에 의상을 부탁하다가 사정상 두 달가량 셀프로 코디를 맡게 된 때였다. 직접 코디를 하려니 매일 저녁 다음 날 스타일링을 고민해야 했다. 그러다 옷 방에 걸려 있는 아빠 넥타이가 눈에 들어왔다. 넥타이라니, 이거 괜찮은데! 2년 전 영화 〈콜레트〉를 보면서 넥타이를 맨 키이라 나이틀리가 무척 멋있어 보였던 기억이 났다. '방송에서 넥타이를 매면 안 되는 걸까?' 잠시 생각해보았다. 이번에도 하지 않을 이유가 없었다. 넥타이가 남성만 매야 한다는 규칙이 있는 것도 아니었고 그저 스타일링 아이템으로 생각하면 되는 것이니까.

마침 서울에 올라와 계시던 아빠에게 넥타이 매는 법

을 알려달라 부탁했다. 그때 아빠의 반응이 미적지근했다면 괜한 생각을 했나 싶었겠지만 여느 때처럼 웃으며 멋지다고 말씀해주셨다. 넥타이 매는 법을 배우는 나에게도, 딸에게 넥타이 매는 법을 알려주는 아빠에게도 낯설고도 신기한 장면이었다. 넥타이를 다 매고 거울을 보는데, 이거 좀 잘 어울리는 것 아닌가. 다음 날 청량한 파란색 셔츠에 회색 바지를 입고 아빠의 쨍한 스트라이프 넥타이를 매고 출근했다. 회의실에 들어가자 동료들이 눈을 휘둥그레 뜨고 한마디씩 건넸다. 넥타이가 멋스럽다, 잘 어울린다면서. 여성 동료들은 묘하게 해방감을 느낀다고 속삭이기도 했다. 넥타이를 매고 스튜디오에 앉는데, 왠지 자세도 더 편안해지고 자신감이 붙는 건 기분 탓이었을까.

그런데 이번에는 넥타이 맨 모습이 화제가 되었다. 트위터에서 공유가 많이 되고 있다고 여기저기에서 메시지를 보내주는 것 아닌가. 트위터를 하지 않아 가입을 해서 들어가 보니 리트윗만 2만 회 넘게 되고 있었다. 그날 이후 내 옷장에는 넥타이가 스무 개 넘게 걸려 있다. 생일 선

물로 넥타이를 받고, 남자 지인들이 손이 가지 않는 넥타이들을 많이 나눔 해준 덕이다. 한 선배는 10년도 더 전에 입사 첫날 맸다던 클래식한 버버리 넥타이를 물림 하듯 택배로 보내주었다. 이제 넥타이가 필요하면 내가 빌려주겠다 말할 정도가 되었다. 물론 좋은 반응만 있는 것은 아니었다. 남성들은 넥타이가 불편해서 안 하려고 하는데 튀려고 넥타이를 매는 것 아니냐 하는 비아냥도 있었다. 하지만 나에게는 넥타이가 불편함이 아닌 편안함이었다. 셔츠 몇 장과 넥타이 몇 개면 의상 고민을 하지 않아도 될 만큼 조합이 간단하고 무궁무진하기 때문이다. 시청자 게시판에 안경을 꼈을 때처럼 넥타이가 보기 불편하다는 글이 종종 올라오기도 했다. 그냥 보기 싫다는 게 이유의 전부였다. 변화에 어떻게 다들 같은 마음으로 응원만을 보내주겠나.

인터뷰를 하며 많이 듣는 질문 중 하나가 무언가를 시도할 때 반대하는 시선이 두렵지 않느냐 하는 것이다. 망설임은 누구에게나 찾아오는 게 아닐까. 나는 그럴 때 스스로에게 이 질문을 던져본다.

'하면 안 되는 이유가 있는 걸까?'

누군가에게 피해를 주지 않고 하지 말아야 할 타당한 이유가 없다면 바꿔도 된다는 확신을 가져도 좋다. 다들 눈치 게임을 하듯 따라가고 있거나 아예 문제의식을 느끼지 못하거나 혹은 불편해도 좋은 게 좋은 거지 하고 웃어 넘기는 경우가 많았던 것뿐이다. 의문을 그냥 넘기지 말고 잠시 붙들고 생각해보자. 그럼에도 그냥 따르는 게 마음 편하다면 그리해도 괜찮다. 다만 무언가를 선택하게 된다면 그 선택이 본인을 자유로움으로 이끌어줄 것이다. 내가 바라는 모습대로 결정하고 살아갈 단단한 힘이 생기는 것은 두말할 나위 없다.

무언가를 선언하듯 비장하게 할 필요도 없다. 그냥 슬쩍, 하면 된다. 구구절절 먼저 이유와 설명을 덧붙이지 않아도 되는 것이다. 누군가 왜 그렇게 했느냐 묻는다면 '그냥 하고 싶어서'라고 간단하게 답하자. '그렇게 해도 되는 거야?' 한 번 더 물어온다면 똑같이 질문을 던져보자. '하

면 안 되는 이유가 있는 거야?' 상대방의 대답에서 우리가
흔히 빠지기 쉬운 고정관념을 확인할 수 있을 것이다. 내
가 놓쳤던 부분이 있었다면 생각을 넓힐 좋은 기회가 될
것이고. 그러니 대화를 두려워 말자.

그리고 놀라기도 할 것이다. 이 불편함을 나만 느끼고
있던 게 아니라는 것을 확인하게 될 테니까. 그동안 이상
적이라 여겨지는 모습에 부합하지 못하면 내 노력이 부족
해서라고 생각하지 않았나. 더 예쁘지 않고 더 날씬하지
못한 스스로를 미워하지 않았나. 여성에게 최고의 가치는
젊음과 아름다움이라는 말들에 불만을 가지면서도 덩달
아 조급해지지 않았나. 나이 들수록 가능성이 당연히 줄어
들 것이라고 경험해보기도 전에 두려워하지 않았나. 왜 그
래야 했을까? 왜 미리 단정하거나 두려워했을까? 애초에
그건 누구의 시선이고 결정이었을까? 바꾸어야 할 건 더
날씬하지 않거나 더 아름답지 못한 내가 아니라, 상대의
기대치에 부응하지 못한 내가 아니라, 애초에 기울어진 잣
대이다.

우리에게는

이미 많은 자유가 있다

3장

할머니, 엄마,
그리고 나

⌇⌇⌇⌇⌇⌇⌇⌇⌇⌇⌇⌇⌇⌇⌇⌇⌇

나의 엄마 단임은 두 번째, 아니 세 번째 삶을 살고 있다. 6년 전 목숨을 건 수술을 잘 이겨낸 후 지금 함께하고 있는 엄마는, 그저 존재 자체로 감사하다. 당장 내일 엄마가 어떻게 될지 모른다는 절절한 불안함을 겪은 후 엄마를 떠올리는 것만으로도 코끝이 시큰해진다.

언제나처럼 딸이 사는 집을 깨끗하게 치워두고 단임이 광주로 내려간 날이었다. 청소란 의지의 차이인가 손기술의 차이인가 생각하며 냉장고 옆에 서서 물을 마시는데 곁눈으로 냉장고에 붙어 있는 메모가 보였다. 엄마가 광주로 내려가기 전 챙겨야 할 것들을 삐뚤삐뚤한 글씨로 써 놓으신 거다. 요즘 따라 하나씩 흘리거나 빠트리고 다닌다 하시더니. 이미 하루 지난 메모였고 특별히 내게 하는 말도 아니었으니 그냥 떼서 버리면 될 것을, 쓱 떼어버릴 수가 없었다. 한동안 그대로 두고 매일 물을 마시며 엄마 글씨를 바라봤다. 내게 이렇게 애틋한 여자라니.

작년에 혼자 한 달 휴가를 떠나면서 담임에게 약속했었다. 내년에는 꼭 같이 휴가 가자 하고. 그런데 올해는 어디에도 가지 못하는 상황이 되었고 마침 일도 바빴던 차여서 별달리 생각을 하지 않고 있었다. 그런데 그즈음 건강검진을 다녀온 엄마가 이런저런 근심이 늘어난 것처럼 보이는 게 아닌가. 마음이 좋지 않았다. 뭣이 중해, 미루지 말자. 1순위는 엄마였다. 다시 서울에 올라온 엄마에게 1박으로 양양에 다녀오자 했다.

그런데 내내 맑던 양양 하늘이 우리가 여행을 가려는 날이 다가오자 비 예보로 바뀌었다. 아쉬운 대로 어디든 다녀오자 하고 가까운 파주 마장호수로 목적지를 바꾸었다. 반나절 바람이라도 쐬고 오면 기분이 나아지지 않을까. 혹여 엄마가 서운할까 싶어 당일 아침까지도 비 와도 괜찮으니 가고 싶은 곳 말만 하라며 계속 마음을 떠봤다.

"아이고, 너 피곤한데 언제 멀리까지 운전하고 다녀와. 얼른 다녀와서 쉬어."

"알겠어, 그럼 차 빼 놓을게. 5분 뒤에 내려와요."

시동을 켜고 기다리는데 엄마가 터질 듯 빵빵한 가방을 들고 걸어오고 있었다. 어김없이 배낭과 크로스백까지 매고 말이다. 배낭과 크로스백을 동시에 매는 건 엄마의 트레이드마크다. 함께 스페인 여행을 갔을 때도 가볍게 다니지 뭘 이렇게 많이 갖고 다녀 하면, 배낭에 넣을 것 따로 있고 크로스백에 넣을 게 따로 있다는 엄마의 원칙을 내세웠다. 걷다가 당 떨어진다 싶으면 크로스백에서 견과류가 나왔고, 밤이 되어 추워지면 배낭에서 바람막이가 나오니 실제로 유용하기도 했다. 그리고 밖이 흐린 걸 봤을 텐데도 선글라스를 끼고 있었다. 햇볕에 눈뜨기 힘들어 찡그리다 보니 주름이 생겼다며 사진 찍을 때는 이렇게 선글라스로 가리는 게 낫다는 것이다. 내가 보기에는 그냥이 훨씬 나왔다. 엄마 눈도 코도 얼마나 잘 생겼는데. 그리고 사진 골라 보내주면 내가 '뽀샵'도 어련히 알아서 해줄까.

엄마가 차에 타자 내 잔소리 공격이 시작되었다.

"뭘 이렇게 또 많이 준비했어. 아침 내내 부엌에서 뭐 하나 했더니 이 간식들 챙긴 거야? 이걸 누가 다 먹어. 가까운데 가는데 사 먹으면 되지. 무슨 고생이야. 몸 좀 제발 편하게 두지 그래."

이미 준비한 것 고맙다 하면 되는데. 이게 엄마에게는 즐거움일 수 있을까? 모르겠다. 엄마가 수십 년 했던 일들이니 이제는 좀 자유로워졌으면 좋겠다.

엄마는 이런 잔소리쯤은 하도 들어 타격도 없다는 듯 "아이고 이럴 때 기분 내는 거지 뭐. 유자차 마실래? 과일 줄까? 떡도 있고 옥수수도 있어요."

먹고 싶은 게 있으면 얼마든지 말만 하라며 유자차를 쪼르르 따른다.

"됐어, 안 마셔."

조금 지나 슬쩍 떡을 건네주는데 이번에는 아무 말 없

이 받아먹었다. 맛있네.

"엄마 하나 더 줘."

단임의 휴대폰이 울린다. "지금 서울에 와 있으니까 너무 아프면 광심이한테 전화해봐."

"누구야?"

"응, 할머니."

엄마의 엄마, 유순. 그러니까 장흥 할머니 전화였다. 할머니가 이가 아프다며 전화하신 모양이다. 몇 해 전 할머니에게 가벼운 치매가 찾아왔다. 이전에 뵀을 때는 그래도 심각해 보이진 않았는데, 나를 보고 잠시 가물가물하나 싶더니 곧바로 "잉, 현주네" 알아보셨으니까. 돌아가신 부산면 할머니에 따르면 사돈인 장흥 할머니를 젊은 시절 처음 봤을 때 그렇게 빛이 나게 예쁜 사람이 없었다고 했다.

"참말로 점잖고 착한 사람이야" 나지막이 말했었다.

손녀인 나도 장흥 할머니를 무척 좋아했다. 어린 시절 울보에 낯을 가렸던 나는 한때 엄마보다 장흥 할머니 품을 더 좋아했던 것 같다. 그에 비해 할아버지는 술을 좋아하고 목소리가 컸으며 호방하고 괄괄한 성격이셨다. 일곱 딸아들을 도맡아 키우고 인내하는 건 당연히 할머니의 몫이었다. 유순, 자신의 삶을 챙길 여력도 없이. 챙길 수 있다는 엄두도 감히 내보지 못하고 말이다.

엄마가 다시 할머니에게 전화를 걸었다. 현주 생각나느냐고, 현주 옆에 있다고, 현주가 할머니 궁금해한다고. 수화기 너머로 할머니가 하시는 말씀을 엄마가 그대로 되읊으며 내게 전한다.

"잉 맞어, 기억하네. 눈이 똥그랗고 컸다고. 잉, 어릴 때 고생 많았다고."

전화를 끊고 엄마가 이야기를 이어나갔다.

"얼마 전에 맘이 너무 아팠어야. 엄마가 예전부터 친정 다 챙겼냐. 할 만큼 했다 싶어가지고 이제 그만해도 되겠다 싶다가도, 그래도 또 생각나고 걱정 되재. 그래가지고 사골 뼛국 좋은 걸로 골라서 5만 8천 원어치 시골로 보냈는데 다음 날 병원에 들어가신 거야. 그 뼛국 끓여 먹지도 못하고. 그래서 얼마나 또 맴이 짠허냐."

'짠허냐.'

엄마는 자주 짠하다는 말을 썼다. 열심히 사는 사람을 봐도 짠하고, 상냥한 사람을 봐도 짠하고, 아픈 사람을 봐도 짠하고, 그리고 나도 짠하다고 했다. 그런데 있지 엄마, 나는 엄마가 짠해. 엄마에게 나만큼의 기회가 있었다면 얼마나 멋지고 똑 부러지게 인생을 살았을까. 엄마의 시간은 언제 이렇게 지나버린 걸까.

사연 없는 집이 어디 있겠냐만은, 우리 집 세간도 줄었다 늘었다를 반복했다. 작은 집으로 이사 가서 부대껴 지내다가, 걱정 없이 먹고살 만큼 풍족해졌다가, 다시 허리띠를 졸라맸다가. 힘든 시절 엄마는 정말 악착같이 살았다. 그 모습을 보고 자란 내게도 악착같음이 붙어 있는 것 같다. 엄마는 자식들이 있으니 주저앉을 수가 없다고 했다. 삶의 원동력이었던 자식들은 이제 제 몫을 할 수 있을 만큼 다 자랐다. 아니, 같이 조금씩 나이 들어가고 있다.

엄마가 세 번째 삶을 살게 되었을 즈음이 생각난다. 악착같이 사느라 건강을 제대로 돌보지 못했던 엄마는 왠지 불길한 마음이 들어 건강검진을 받으셨다 했다. 건강하던 고모가 갑자기 뇌졸중으로 쓰러진 모습을 보고 말이다. 그리고 머릿속에서 꽈리를 발견했다. 한마디로 시한폭탄 같은 것이었다. 모르면 독이고 알아도 미칠 노릇이었다. 나는 수술 직전까지도 그 심각성을 알지 못했다. 엄마가 티를 잘 내지 않아 당사자가 어떤 공포감을 느낄지 헤아리려는 노력도 하지 못했다. 엄마도 처음에는 그래도 간단히 끝날 수 있을 거라 희망을 가졌던 것 같다. 그런데 전신마취를 두 번이나 하고 시도했던 조영술은 실패하고 말았다. 수술을 할 수밖에 없었다. 어떤 부작용이 있을지 알 수 없는, 목숨을 건 수술을.

아무리 굳센 마음을 가진 엄마라도 흔들리고 무서웠을 것이다. 수술을 며칠 앞둔 저녁, 엄마는 불도 켜지 않은 채 깜깜한 방에 앉아 내게 말했다.

"수술 잘되고 나면 자유롭게 살고 싶어. 다른 건 바라는 것 없어. 그냥 자유롭게 살고 싶어."

약속했다. 그래 엄마, 이제라도 엄마 마음대로 살아. 엄마 하고 싶은 것 다 하면서, 우리 신경 쓰지 말고. 엄마 수술 잘 끝나면 우리 꼭 둘이서 여행 가자. 멀리 여행 가자.

엄마는 엄마의 엄마가 짠하고, 나는 엄마가 짠하다. 엄마의 엄마와 그리고 엄마는 내가 짠하다. 나는 유순이 짠하다. 우리는 서로에게 짠한 존재다. 하지만 나는 내가 짠하지는 않다. 유순에게도, 단임에게도, 단 한 번도 주어진 적 없었던 자유로운 날개가 내게는 당연한 듯 붙어 있지 않은가. 나에게는 이미 얼마나 많은 자유가 있는가.

엄마에게 말한다. 이제 제발 엄마만 생각하고 살라고. 그런데 이렇게 바리바리 싸 온 음식들을 보니 엄마는 여전히 자유롭지 못한 것 같다. 매일 아침 홍삼 챙겨 먹어라, 사과 택배로 부쳤다, 밥 거르지 마라, 차가운 물 마시지 마라 끊임없이 내게 되새긴다.

"응, 어어, 알아. 알았어."

건성으로 대답하면서 나는 도저히 엄마처럼 살 수 없을 것 같다 생각한다.

엄마는 늘 말한다.

"아직 젊고 기회도 많고 다 할 수 있잖니, 뭐든지 하려면 건강해야 해 건강."

유순과 단임을 생각하며, 파주로 향하는 길에 나는 몇 번이나 눈물을 삼켰다.

아낌없이
살아보는 중입니다

어제부터 기분이 지하 3미터쯤 가라앉아 있다. 지쳐버렸다. 오늘도, 내일도, 일만 하다 죽겠네 싶다. 하루를 마음 편히 놀지 못하고 노는 날도 마음이 불편하니, 왜 이렇게 사나 싶다. 누구 탓이랴, 내 탓이지. 다 내가 벌인 일이지. 흥미로운 제안이 오면 좀체 거절을 못 한다. '할게요! 좋아요! 재미있겠는 걸요!' 하나하나 일정을 끼워 넣다 보니 가끔 과부하가 걸린다. 어느 날은 일이고 자아실현이고 꿈이고 뭐고 다 때려치우고 딱 며칠만 어디 숨어 있다 오고 싶다. 누구도 날 찾지 않았으면 좋겠다. 책임감 같은 것은 방구석에 고이 접어두고 바다 앞에 앉아 지겹도록 파

도소리나 듣고 싶다. 바다는 무슨 바다, 현실은 지독한 비가 며칠 내내 내리는 중이다. 올해 여름 장마는 정말 길고도 기록적이었다.

　잠시 시간을 내 영화라도 보며 기분 전환을 해보자 했다. 액션영화는 스트레스가 단박에 날아가게 재미있었는데, 영화를 보는 내내 생각했다. 이 영화가 더 오래오래 지속되었으면 좋겠다 하고. 현실로 돌아가면 다시 할 일들이 쌓여 있으니까. 영화관 밖으로 나오니 억세게 내리던 빗줄기가 약해져 있었다. 출차를 기다리는 사람들이 여기저기에 서 있다. 비가 오면 이렇게 압구정 CGV 출차 줄은 대책 없이 길어진다. 그 틈에 끼어 가만히 사람들의 얼굴을 살폈다. 다들 걱정 없다는 듯 웃고 있다. 뭐가 그리 즐거울까. 나만 불행해.

　1년에 한 달씩 쉬어간다면 나머지 열한 달은 더 열심히 일할 수 있지 않을까. 아니 반대로, 사람이 열한 달 열심히 일하면 한 달쯤 쉬어야 되는 것 아닌가. 버티다 부러지느니 잠시 늘어져 있다 오는 게 현명한 것 같다. 그런데 일단 벌여놓은 일들은 마무리해야 할 것 아닌가. 그게 언제일까. 여기에서 생각이 조금 더 뻗어 나가다 보면 극단으로 치닫는다.

'다 때려치우고 자유를 찾고 싶어!'

그런데 이렇게 우울함의 늪에 허우적대다가도 내일 퇴근길엔 아마 97퍼센트의 확률로 이렇게 생각하고 있을 것이다. '역시 난 일을 해야 기분이 풀려. 일 안 했으면 얼마나 우울했을까!'

일을 하면서 다시 에너지를 채우고, 보람을 찾고, 기분을 회복하는 천생 '일중독꾼'이다. 단지 가끔 이렇게 왔다 갔다 할 뿐. 일에 압도당하다가, 다시 일 때문에 행복하다가, 그러다 또 어느 날은 다시 다 때려치우고 싶다가. 그러니까 그날은 많이 버겁고 힘든 날이었을 뿐인 거다.

올해 초 그레타거윅 감독의 영화 〈작은 아씨들〉을 보고 조 마치의 매력에 한동안 푹 빠져 있었다. 네 자매 중 나의 '원픽'은 단연 조였다. 고집 세고 자립심 강하고 인생을 스스로 이루겠다 하는 씩씩함까지, 조의 결정과 생각에 많이 공감하고 응원하고 함께 울었다.

　어느 날 조는 로리에게 청혼을 받는다. 조도 분명 로리가 싫지는 않다. 하지만 결혼에 얽매인 삶은 자신이 없다. 왠지 모르겠지만, 지금으로선 자신이 원하는 삶은 아닌 것 같다. 이때 누군가 조의 곁에 있었다면 이런 조언을 하지 않았을까? '결혼해도 크게 달라지는 건 없어. 오히려 부유한 남편을 두고 네 할 일 할 수 있으면 얼마나 좋아? 조금 있다 후회할 짓 하지 말고 어서 로리의 말에 예스라고 답해.' 조는 끝내 로리의 청혼을 거절한다.

　작가로서의 꿈을 품고 자신의 길을 가기로 한 조. 하지만 여성 작가의 글이라면 일단 편견을 갖고 보는 출판시장의 편견에 부딪혀 무엇 하나 쉽지 않다. 힘든 길이지만 그래도 스스로 선택한 삶이니까, 조는 후회하지 않겠지? 조라면 씩씩하게 무슨 상황이든 헤쳐나갈 수 있지 않을까? 하지만 조는 울면서 고백한다.

　"여자도 감정만이 아니라 생각과 영혼이 있어요. 외모만이 아니라 야심과 재능이 있다고요. 여자에게 사랑이 전부라는 말 지긋지긋해요. 그런데, 너무 외로워요."

여성도 야심과 재능이 있다고, 사랑이 전부라는 말이 지긋지긋하다고, 그런데 너무 외롭다고, 기대고 싶다 하는 마음을 토로하는 것이다. 내가 선택한 길이지만, 가끔은 외롭고 버겁다는 말. 너무나 당연한 이 말이 왜 이리 애절하게 들릴까. 그래, 가끔 그렇게 후회해도 괜찮다. 내일이면 조는, 나는, 다시 씩씩하게 살아갈 테니까. 그냥 그런 날이 있는 것이다.

어느 날은 집을 청소하다 생각했다. 화장품을 사고 받은 비싼 앰플들이 아끼다 결국 써보지도 못하고 유통기한이 지나버렸다. 애지중지 아낀 옷은 몇 번 입지도 못하고 몇 해가 지나버렸다. 그냥 아끼지 말고 좋은 것부터 쓸 걸. 결혼한 친구들은 농담처럼 말한다. 그때 그 사람이랑 그냥 연애할걸 그랬어, 뭘 그렇게 망설였는지 몰라. 직장을 퇴사한 친구는 말한다. 그냥 20대에 하고 싶은 일 도전할걸 그랬어, 몇 년 빨리 취업한다고 좋은 것도 아닌데 이렇게 결국 그만두고 내 갈 길 찾아갈 것을. 모든 지나간 것들에 대해서 말한다. 그때 그냥 더 마음 가는 대로 할걸 그랬어.

긴 인생에서 너무 일찍 많은 것들을 결정해버리는 건 아닐까. 부딪혀보기 전에 안전한 선택만 한다면 진정 내가 선택한 인생이라 할 수 있을까?

가끔 버겁기도 하고 허우적대지만 그럼에도 나는 아 낌없이 내 삶을 살고 있다는 기쁨을 느낀다. 100퍼센트 만 족하는 선택이 어디 있겠나. 다만 나는 그런 선택을 할 수 밖에 없는 사람이라는 걸 아는 이상, 왠지 모르지만 거스 를 수 없는 끌림을 따라 아낌없이 살아보는 것이다. 사랑 이든, 일이든, 방랑자처럼 떠나 보는 것이든.

프랑수아즈 사강의 말을 떠올린다. "나는 나를 파괴할 권리가 있다"는 말을.

그의 말처럼 나는 다시 돌아오지 않을 지금을, 아낌없 이 살아보는 중이다.

나만 생각하지 않는
우아함

~~~~~~~~~~~~~~~~

흔히 일 때문에 힘든 게 아니라 사람 때문에 힘들다는 말
을 하지 않나. 백 번 만 번 공감하던 때가 있었는데, 지금
은 반대로 일이 힘들어도 사람 때문에 힘이 난다. 애써 사
람을 가리거나 골라 사귄 것도 아닌데 어느 날 보니 주변
에 '이상한' 사람들이 모여 있다는 걸 알아차렸다. 언뜻 보
면 그들은 세상물정을 모르는 것 같다. 당장 이익이 보이
지 않는 것 같은 일에 열정을 낸다. 그런데 그 열정이, 들
여다보면 결코 무모하지 않다. 자신이 하는 일의 의미를
정확히 알고 있기 때문이다. 누군가는 '이상하다'고 말할
그들을, 나는 '우아하다'고 말한다.

익숙한 시선을 비틀어 달리 바라보는 사람들, 큰돈 안 되는 영화를 만드는 사람들, 그런 영화를 보러 가는 사람들, 많이 팔리지 않을 것 같은 책을 만드는 사람들, 의미 있지만 화제가 되기는 쉽지 않은 기사를 취재하는 사람들, 때로 스스로를 지키기 위해서 회사를 박차고 나온 사람들 말이다. '비주류', '다양성'이라는 수식어로 불리는 그들이 나는 왜 그리 좋을까. 나는 그들이 가진 힘에 끌린다. 우아함을 가진 사람들에게는 스스로를 지켜내는 힘이 있다. 자신을 잘 알기 때문이다. 자신을 알지 못했다면 세상의 기준에서 벗어나 보이는 일을 선택하는 건 불가능했을 것이다. '나는 어떤 삶을 살고 싶을까?', '나는 어떤 사람일까?'라는 질문을 던졌기에 스스로 지향하는 바를 알고, 목소리를 낼 수 있는 것이다.

그들의 우아함은 '나만' 지키는데 있지 않다. 작년과 올해는 세상이 유독 분노로 들끓는 듯했다. 씹을 만한 가십거리만 생기면 사람들은 우르르 몰려들었다. 가십이 가십을 키웠고 인간에 대한 존중은 찾기 힘들었다. '너는 욕

먹을 짓을 했으니까 욕먹어도 돼' 하면서, 자유라는 이름
으로 자제력을 잃곤 했다. 개인이 세상을 등질 때까지 오
락하듯 분노를 쏟아냈다. 잠시 자제하는 듯하다가 다시 또
어딘가로 분노가 향하는 과정이 반복되었다. 지켜보는 것
만으로도 어지럽고 피로해졌다. 가끔은 그런 물결에 휩쓸
려 상처도 받았다. 하지만 이내 다시 정신을 차릴 수 있었
던 것은 분노를 다른 방식으로 보여주는 사람들 덕분이었
다. 우아한 그들에게도 분노가 있었다. 약한 것들을 해치
는 것에 대한 분노, 파괴하는 것들에 대한 분노, 억압을 만
들어내는 것들에 대한 분노 말이다. 다만 분노를 분노로
표현하지 않고, 응집하고 꼭꼭 소화해서 무해한 방식으로
어떤 움직임을 만들어냈다. 당장 큰 물결을 일으키지 못할
지라도 그러한 작은 움직임이 모여 세상의 한 축을 무해하
게 지키고 있다는 것을 알 수 있었다.

최근 북튜브를 시작한 것도 내게는 그러한 의미에서
였다. 개인 채널을 운영하던 중 유튜브라는 플랫폼의 걸러
지지 않는 폭력성과 유해함이 싫어졌고 당분간 무언가를

다시 해보겠다는 마음도 들지 않았다. 하지만 한 출판사가 나와 함께하고 싶다며 제안한 북튜브는 다르게 느껴졌다. 내가 원한다면 어떤 출판사의 책이라도 상관없이, 젊은 세대가 책에 더 관심을 가질 수 있도록 친근하게 소개하는 역할을 맡아달라는 것이다. 이전에도 책 관련 콘텐츠 제안은 있었지만 이런 제약 없는 조건은 처음이었다. 나는 여기에 덧붙여 '좋아요'와 '싫어요' 버튼을 없애 달라 제안했다. 그렇게 '몸과 마음의 양식당'을 시작하게 되었다. 방송국은 물론이고 모든 매체에서 소위 '돈 안 되는 콘텐츠'는 살아남기 힘든 법인데 이렇게 정직한 이름에, 자극적이지 않은 북튜브가 얼마나 오래 지속될 수 있을까 매번 생각한다. 언제 중단되어도 이상할 것이 없다. 그럼에도 할 수 있는 데까지, 좋은 콘텐츠를 만든다는 보람으로 즐겁게 해보는 것 아니겠나 하며 나아가는 중이다. 손님 뜸한 식당일지라도 누군가 들른다면 따뜻하고 맛있는 식사 한 끼를 대접하겠다는 마음으로.

몇 주 전에는 강연회에서 인연을 맺은 분들과 점심을

먹었다. 인도 커리와 난이 펼쳐진 테이블 위에서 우리의
대화 주제는 '좋은 사람', '좋은 시민'이었다. 뜬구름 잡거
나 재미없을 것 같은 이런 주제들이 어찌나 흥미진진한지
밥을 먹다 말고 휴대폰 메모장을 열어 기억하고 싶은 이야
기들을 틈틈이 적었다. 머릿속이 선한 기운으로 팽팽해지
는 기분이었다. 자리에 있던 한 분은 좋은 시민을 위해서
는 무엇보다 아이들의 교육이 중요하다고 말했다. 흉악범
죄를 저지른 사람도 알고 보면 뭔가 일탈할 수밖에 없었던
환경에 놓여 있을 거라고, 딱 한 명이라도 믿어주는 사람
이 있었더라면, 너는 좋은 사람이라 말해주는 누군가 있었
다면 달라질 수 있지 않았을까 하면서.

　　이 말을 듣고 세계 곳곳의 분쟁지역을 취재하는 김영
미 PD님과의 대화가 생각났다. 총알이 날아드는 위험한
곳에서 일할 수 있는 용기가 무엇인지 물었을 때 오직 하
나, 아이들을 위한 것이라 말씀하셨다. 어른들은 변하기
쉽지 않지만 아이들은 변할 수 있으니까, 아이들은 달라
질 수 있으니까. 다른 나라의 복잡한 정세와 처참한 인권
에 관해 아이들이 어릴 때부터 자연스럽게 접하게 되면 도

움의 손을 뻗고자 하는 의지가 생기고 차차 세상이 달라질 수 있으리라 믿는다 말했다. 비록 그런 책과 콘텐츠가 아이들에게 닿기 쉽지 않음에도. 아이들에게는 이미 자극적이고 고민하지 않고 즐길 수 있는 것들이 널려 있으니까. 그럼에도 계속해보는 것이다.

이승한 평론가와 함께 대학로에 창작뮤지컬 〈난설〉을 보러 갔던 날이었다. 낮 시간인데도 관객석이 꽉 차 있었고, 왠지 모르게 이 공연을 함께 보러 왔다는 사실만으로도 낯선 이들의 뒤통수에서 동질감이 느껴졌다. 이내 평론가님이 왜 이 공연을 추천했는지 알 것 같았다. 누군가를 위로하고 힘을 주는 방식에는 여러 가지가 있는 법이다. 나는 허난설헌의 대사에서 위안과 단단한 마음을 얻었다. 허균이 누이 허초희에게 묻는다. 왜 굳이 힘든 길을 가느냐고, 지금도 좋지 않느냐고, 좋아하는 글을 편하게 쓰면 안 되느냐고 말이다. 허초희는 '나답게 살기 위해서'라고 답한다. 나를 잃지 않기 위해서.

"사람들은 이제 진실에 관심이 덜한 것 같아요. 그렇다고 진실을 찾아서 전할 가치가 없는 건 아니죠. 진실을 찾는 게 힘들지만 이제는 나 자신을 위해서 해요. 도중에 저와 마주치는 사람들을 위해서도요. 그게 옳다고 느끼고, 그거면 충분하니까요. 나는 이 일에서 영감을 얻어요. 이게 내 나침반이고 날 지탱하는 버팀목이죠."

영화 〈태양의 소녀들〉에서 종군기자 마틸드의 대사도 마음에 꼭 맞는 퍼즐처럼 와닿았다. 나 이외의 무언가를 바꾸어보겠다는 열정이 앞서면 꺾이기 쉽다. 타인은 쉽게 변하지 않고 세상은 내 마음 같지 않으니까. 그러니 가장 중요한 건 나에게 이 일이 어떤 의미가 있는가 하는 것이다. 나에게 영감을 주는 일을, 나침반이 되고, 나를 지탱하고 버팀목이 되는 일을 하고 있다면 계속해서 나아갈 수 있으니까. 마틸드의 말처럼, 그게 옳다고 느끼면 그것으로 충분한 것이니까. 나 자신을 위해, 그리고 나와 마주치는 사람들을 위해.

달리면서
깨달은 것

달리기 어플을 알고 난 후 한창 달리기의 매력에 빠져 저녁마다 걷고 달렸다. 달리기를 시작한 데는 이유가 있었다. 요조님의 라이프스타일이 좋아 SNS 팔로우를 하고 있었고 계정에 몇 번 달리기 사진이 올라올 때만 해도 나에게 달리기란 절대 친해질 수 없는 운동이라는 생각에 1초의 망설임도 없이 피드를 쓱 올렸다. 그런데 누군가 댓글로 '그래서 이 어플이 무엇인가요?'라고 질문했고 답글이 적힌 것이 눈에 들어왔다. 솔깃해져 달리기 어플을 검색해 다운로드했다. 회당 30분, 일주일에 3회씩, 총 8주에 걸쳐 달리기 미션을 완수하는 과정이었다. 마침 필라테스

회원권도 끝나고 다음 운동은 뭘 해볼까 고민하던 차여서 운동화 끈을 동여매고 집 밖으로 나왔다.

골목을 나오니 막막함이 다리 사이로 지나가는 듯했다. 어디로 가야 할지 목적지가 없었다. 한강을 보며 달릴까, 공원을 갈까 고민하다 일단 1주차 1회 버튼을 눌렀다. 경쾌한 음악이 흘렀고 곧이어 트레이너의 신나고 깔끔한 목소리가 들렸다. '자 이제부터 영업을 시작해보겠어' 하는 파이팅이 실려 있었다. 설명을 들으니 30분 내내 달리기를 하는 게 아니라 인터벌로 걷고 달리기를 반복하는 코스였다. 그러니까 달린 후 걷다가, 다시 달리고 걷기를 반복하는 것이다. 처음부터 너무 힘들게 굴리면 '달리기가 그럼 그렇지' 쉽게 포기할 나 같은 사람이 한둘이겠나. 가벼운 몸풀기로 처음 5분은 천천히 걷는 것부터 시작했다. 이후 1분 달리기, 이후 2분 걷기, 이런 식의 인터벌을 반복하다 보니 어느새 20분가량의 1회 코스가 끝나 있었다. 달리는 시간보다 걷는 시간이 더 길었기에 이거 너무 쉬운 것 아닌가 하는 생각도 들었다. 달리기는 힘들 것이라는 오해가 사라지고 은근한 자신감이 붙었다. 1회차 영업에 완벽히 당한 것이다.

날이 갈수록 어플 속 트레이너에게 내적 친밀감이 쌓이기 시작했다. 달리는 동안 절대 무리하지 말라고, 빠르게 달리지 않아도 괜찮다 말해주는 게 마음에 들었다. 무리하지 않는 선에서, 내게 맞는 속도로 달리면 이렇게 기분 좋은 운동이 될 수 있다는 걸 왜 여태 몰랐을까. 게다가 돈 한푼 안 드는 운동 아닌가. 어디에나 길은 있기에 언제든 달릴 수도 있었다. 얼마만의 순수한 달리기인가. 트레드밀 위에서 헉헉대며 뛰는 것 말고, 필라테스 수업 때 보수볼 위를 뛰는 것 말고, 점멸하는 횡단보도를 부리나케 건너는 것 말고, 실외에서 바람을 가르며 달려본 건 정말 오랜만이었다.

내가 알던 달리기는 오로지 힘껏 달리는 운동이었다. 학창 시절에는 전교생 누구라도 참여해야 하는 필수 종목이었는데 초등학교 때 운동회에서 내 앞의 줄이 점점 줄어들던 시간은 공포에 가까웠다. 차례가 다가올수록 심장이 하나가 아니라 머리에도 있고 팔에도 있고 다리에도 있는 것 같았다. 그리고, 선생님의 호루라기 소리가 빼액 울리면 무조건 최선을 다해 뛰었다. 이게 무슨 운명을 바꾸는 달리기도 아닌데, 적당히 달려도 되는 건데, 밥심을 쥐어 짜내 결승선을 향해 뛰어갔다. 그렇게 열심히 달린 탓에 주로 1등을 차지했다. 그때 떨어져야 다음에 또 달리지 않을 텐데 말이다. 가끔 대표로 뽑혀 반 대항 달리기에 나가야 했으니 달리기에 소질이 없진 않았던 것 같다. 하지만 난 달리는 게 즐겁지 않았다. 그러면서도 또 열심히 달렸다.

중학교에 올라와서는 달리기도 전에 마음속에서 선을 그었다. '잘 달리지 못할 거야.' 이제는 깡으로 달려도 이전만큼 좋은 성적을 내지 못할 것 같았다. 정말 잘 달리지 못할 거라면 적당히 달리고 말겠다 싶었다. 친구들이 나를 바라보는 시선을 의식하던 때였고, 최선을 다해 달리는 모습이 왠지 부끄럽게 느껴지던, 무리 안에서 유난해 보이고 싶지 않았던 시절이었다.

이제는 누구와 경쟁하며 달릴 이유도, 성적표를 받을

일도, 친구의 시선을 의식하며 달릴 필요도 없다. 오로지 나를 위해, 내 페이스대로 천천히 달리면 되는 것이다. 이게 걷는 거야 조깅이야 뜀뛰기야 싶은 것도 달리기다. 집 밖을 나온 순간 펼쳐지는 동네의 모든 길은 운동장이 된다. 오르막길이 있고 내리막길도 있고 평평한 골목을 걷다가 한적한 공원을 몇 바퀴 돌다가, 발길 닿는 대로 따라가면 되는 것이다. 그렇게 동네를 구석구석 달리며 느낀 건 태어나서 가장 오래 살아온 곳인데, 이렇게 몰랐나 하는 놀라움이었다.

늘 가던 길 말고, 가보지 않은 길을 달리니 여러 새로운 공간을 발견하게 됐다. 수선실, 옷 가게, 와인바, 해장국집, 카페. 그중 유난히 눈에 들어온 카페가 있어 달리기를 잠시 멈추고 안으로 들어가보았다. 종업원과 손님들 모두 적당한 무심함을 걸치고 있었는데 우리 동네에 이렇게 힙한 곳이 있었나 싶었다. 언제 생겼는지 물으니 이미 몇 년이나 되었다 한다. 가까운 곳에 행복이 있다는 걸 모르듯 가까운 곳에 멋진 카페가 있는 줄 모르는 법이지.

달리기는 계속되었다. 1분 달리고 2분 걷기로 시작했

지만 점차 걷는 시간보다 달리는 시간이 길어졌다. 1분 30초로, 2분으로, 2분 30초로. 달리는 시간을 차근차근 늘리자 그에 맞춰 체력이 자연스레 붙었다. 처음부터 3분을 달렸다면 '에고고 나는 못 달려' 하며 쉽게 포기했을 테고, 트레이너가 일주일 내내 달리라고 했다면 결국 '나는 안 돼' 포기하고 말았을 것이다. 그러니까 달리기 위해 걷는 것부터 시작해야 했다. 좋아하는 것을 좋아하는 만큼 하면 된다는 것을, 길이 막히거나 비가 오면 잠시 멈추었다 다시 달리면 된다는 것을, 우선 달리기 시작하면 어디로든 길은 뻗어 나가게 된다는 것을, 달리기에서 나는 배웠다.

가볍게
시작해볼까?

~~~~~~~~~~~~~~~~~~~

어느 날은 달리다가 초록색 테이프로 엑스자를 쳐놓은 큰 유리창이 눈에 띄었다. '임대'라고 쓰여 있는 종이가 붙어 있었다. 저런 통유리 내 스타일인데 여기에는 뭐가 들어오려나. 그런데 여기가 골목길이라 사람들이 얼마나 많이 지나다닐까, 장사가 잘될까. 오만 가지 오지랖을 떠올렸다. 그러다 '나도 공간을 열어볼까?' 하는 생각이 들었다.

언젠가 나의 취향이 깃든 공간을 가져보는 게 바람이었다. 회사에 다니면서 카페나 책방을 운영할 수 없기에 아쉬운 대로 내 취향과 닮은 공간을 부지런히 찾아다녔다.

평일 오후에 책과 아이패드를 늘어놓고 카페에 머무는 게 일상이었고, 여행을 가서도 맛집보다 카페와 서점을 기준으로 여행 코스를 짰다. 볕이 잘 들고, 의자나 책상이 너무 인색하지 않아 불편함이 없고, 천장이 높다면 더욱 좋고, 커피 맛은 시지 않고, 사랑스러운 네 발 달린 동물들이 있다면 완벽한 장소였다.

직장을 그만두지 않는 한 공간을 여는 건 불가능하다고 생각했었다. 그런데 따로 수익활동으로 이어지지 않는다면 문제가 되지 않을 터였다. 커피나 빵을 만들거나 책을 팔 수도 없기에 월급을 할애해가며 마이너스로 유지해야 하는 공간이겠지만 내가 하고 싶은 일을 하기 위해 돈을 버는 것 아니겠나. 하고 싶은 일을 하려고 직장을 그만두고 시작하는 경우도 흔한데 그에 비하면 안전한 시도일 것이다. 매일 카페에 쓰는 돈이 기본적으로 만 원이 넘고 한 달로 계산하면 50만 원은 훌쩍 넘으니 이 비용을 줄여 월세에 보태면 어떨까 싶었다. 역세권일 필요가 없으니 발품을 팔면 비교적 저렴한 공간을 구할 수 있지 않을까. 때로는 작업실이 되고 때로는 소모임을 여는 살롱이 되는 곳으로. 북토크에서부터 온갖 재미있는 기획들이 떠올랐다. 이번에도 하지 않을 이유가 없었다.

그날 저녁 부동산 정보를 알려주는 어플을 깔았다. 가장 먼저 해야 하는 지역 설정. 편히 집과 공간을 왔다 갔다 할 수 있게 집에서 멀지 않은 곳을 선택했다. 다음은 월세와 보증금 설정. 적은 금액으로 보수적인 설정부터 해보았다. 주방도 필요하지 않았다. 필요한 건 먹을 것이든 마실 것이든 각자 그때그때 가져오면 될 것이다. 딱 하나만 있으면 된다. 사람들이 둘러 앉을 수 있는 기다랗고 하얀 테이블. 테이블 하나 들고 시작해서 테이블 하나 처분한다는 가벼운 마음이었다.

내가 자신 있게 특기라 말할 수 있는 게 두 가지가 있는데 하나는 낯선 길에서 간판 찾기고, 또 하나는 빠른 검색이다. 조건에 맞는 공간을 금세 발견했고 메시지를 보내 이튿날 오후 방문하기로 약속을 잡았다. 늘 지나다니던 이태원 거리에서 살짝 벗어나 언덕을 오르고 왼쪽으로 꺾어 조금 내려가니, 사진에서 봤던 초록색 공간이 보였다. 기대하지 않았던 주방시설까지 갖추어져 있었지만 주변 분위기가 신경 쓰였다. 근처에 주로 식당들이 많았고 밤이면 시끌벅적한 분위기가 펼쳐질 듯했다. 인근 분위기까지 고려하려면 앞으로 검색이 아니라 열심히 발품을 팔아야겠구나 생각했다. 기왕이면 집에서 달리기를 해서 갈 수 있는 곳으로 골라보자 싶었다. 그날부터 달리기를 하다 어딘가에 붙어 있는 임대 딱지가 눈에 들어오면 사진을 찍어 저장했다. 하나 둘, 사진첩에 '임대' 표시가 늘어날수록 내 머릿속에 존재했던 공간이 점점 현실 밖으로 구체화되는 듯했다.

아쉽게도 현재 공간 프로젝트는 코로나 시대와 맞물려 중단되었다. 하지만 '언젠가' 해보고 싶었던 내 취향의 공간 만들기는 이제 '언제든' 실현 가능한 형태가 되었다. 회사에 속해 있으니까, 지금은 안 되니까 하는 생각에 그대로 머물렀다면 그저 막연한 상상으로 끝나버렸을 것이다. 완벽히 들어맞지 않더라도 우선 시작한다면 분명 할 수 있는 길이 생기곤 한다. 스스로 먼저 가능성을 차단하거나 생각으로만 끝내지 말아야 한다는 걸 매번 또 배운다. 100퍼센트 확신보다 70퍼센트 정도의 끌림으로, 완벽한 공간을 만들기보다 테이블 하나 놓는다는 마음으로 가볍게 시작하면 되는 것이다.

스스로 선택하는

삶을 삽니다

4장

원하는 것을 할 자유,
원하지 않는 것을 하지 않을 자유

영화 〈미스비헤이비어〉에 나오는 한 장면이 있다. 어린 딸이 텔레비전 미스월드대회 중계를 보며 나도 커서 미스월드가 되겠다 따라 하고 있고, 할머니는 그런 손녀를 흐뭇하게 바라본다. 그때 엄마인 키이라 나이틀리가 놀라며 화면을 꺼버린다. 같은 미인대회를 바라보는 할머니와 엄마와 딸의 다른 온도. 여성의 성적 대상화에 대한 엇갈린 시선을 상징적으로 보여준다.

누군가는 말할 것이다. "미인대회가 어때서? 여성들 스스로도 가장 아름다운 모습으로 대회에 출전해 존재감을 뽐내고 그로 인한 영광도 얻고, 보는 사람들은 다같이 감탄하고 즐거워하는데 뭐가 문제야."

이때 누군가는 반박할 것이다.

"그렇게 성적 대상화에 익숙해지는 거야. 여성을 향한 획일화된 미의 기준을 만드는 거지. 무엇보다 그게 진짜 여성들이 각자의 매력을 다양하게 보여주는 걸까? 카메라에 담기는 모습은 남성의 시각에 어필하도록 맞춰져 있어. 여성 스스로 주체성을 갖고 선택하고 살 수 있으려면 잘못된 관행을 없애야 해."

그리고 누군가는 이러한 논의에 대해 별다른 의문을 갖지 못한 채 나도 언젠가 그런 장면 속에 들어가고 싶다는 꿈을 꾼다.

스스로의 아름다움을 각자가 온전히 선택하고 있는 것일까? 출근하거나 외출할 때 어떤 기준으로 옷을 고르는가 생각해보자. 나에게 잘 어울리면서 편안함을 주는 옷을 집어 들었다면 더할 나위 없이 좋은 선택이다. 그런데 매번 그런 날만 있는 건 아니다. 20대 시절의 나는 거울 속의 모습이 마음에 들지 않아 애써 다른 핑계를 대고 약속에 나가지 않은 적이 가끔 있었다. 방송국 취업을 준비할 때는 수학 공식도 아닌데 모두 비슷한 옷을 입고 시험장에 등장하는 걸 목격했다. 방송을 하면서는 의상을 잘 소화한 날과 그렇지 못한 날의 자존감이 물결처럼 요동쳤다.

선택하며 살았다 믿었던 외적인 모습이 실은 내가 원하는 모습을 정하기도 전에, 사회의 익숙한 시선과 기준에 스스로를 맞춰버린 건 아니었을까.

무엇보다 꾸미는 것이 자유라면 꾸미고 싶지 않은 모습도 자유여야 할 것이다. 하지만 여성들에게 화장을 하지 않은 모습, 편안한 옷을 입은 모습을 선택하는 데는 때로 용기가 필요하다. 깔끔하게 샤워를 하고 깨끗한 옷을 입었더라도 갖추어야 할 것들을 제대로 갖추지 않았다는 반응을 경험하곤 한다. 이런 문제의식을 바탕으로 '탈코르셋'에 대한 움직임이 생겨나기도 했다.

뉴스에서 안경을 낀 이후 언젠가부터 탈코르셋에 관한 기사에 내 이야기가 사례 중 하나로 소개되거나 의견을 묻는 인터뷰 요청이 오기 시작했다. 본인의 의사와 상관없이 억지로 꾸며야 하는 규율이나 분위기를 반대한다는 점에서 탈코르셋을 지지하고 존중했지만 꾸미는 모든 행위에 대해 비판적으로 바라보는 것은 아니었다. 하지만 탈코르셋에 대한 이견과 충돌이 인터넷 상에서 매우 격렬하게 일어나면서 내 기사에 비아냥대는 듯한 댓글들이 달리곤 했다.

'탈코르셋 하는 거 아니었어? 안경은 꼈는데 화장은 왜 했대? 머리는 왜 길렀어? 모순이네.'

탈코르셋을 완벽하게 하지 않은 사람은 선택적 페미니즘이라고 비꼬는 것이다. 성적 대상화를 거부하는 것이 꾸미는 것 또한 완전히 거부한다는 뜻과 같지 않은데 말이다. 나는 0도 아닌, 100도 아닌 그 사이의 선택권을 말하고 싶었다.

한 인터뷰에서 이런 이야기를 한 적이 있다.

"제게 가장 중요한 가치는 '선택'과 '다양성'이에요. 각자 원하는 모습과 아름다움을 선택할 수 있다면 애초에 이런 논의는 필요 없겠죠. 아름다움에는 죄가 없으니까요. 하지만 현실에선 획일화된 아름다움이 강요되곤 해요. 여성에게 더욱 과도한 압박으로 다가오죠. 더 날씬해야 하고, 더 예뻐야 한다는 획일성을 제거하고 다양한 모습을 찾아가는 데 탈코르셋이 큰 역할을 하고 있다고 생각해요. 꾸미지 않는 모습도 자유롭게 선택할 수 있도록요. 누군가는 왜 저렇게 극단적인 목소리를 내는 걸까 말할 수도 있어요. 하지만 그런 목소리를 누군가 대신 내주었기에 결과적으로 내 선택의 폭도 넓어질 수 있었음을 잊지 말아야 해요. 그런데 동시에, 그것이 또 하나의 절대적 기준이 되어선 안 된다고 생각해요. 꾸미지 않는 자유를 외치는 것이 꾸밀 자유까지 없애버린다면 결국 다시 다양성을 해치게 되는 거잖아요. 또 다른 억압이 될 수 있는 거죠. 탈코르셋 여부가 선택을 억압하고 배제하는 눈치 게임이 된다면 슬플 것 같아요."

SNS를 통해서 많이 받는 상담 메시지 중 하나도 이와 관련된 고민이었다. 본인은 탈코르셋을 지지한다고 선언했는데 어느 날은 꾸미고 싶은 날도 있고, 그럴 때면 죄책감이 든다는 것이다. 나는 원한다면 얼마든지 꾸며도 된다고 말해주었다. '원하는 것을 할 자유, 원하지 않는 것을 하지 않을 자유'라는 걸 기억한다면 외부의 시선과 평가에 얽매이지 않고 내 중심을 잡는 데 도움이 될 것이라고 말이다. 아름다움은 옳고 그름의 문제가 아니라 선택의 문제이기 때문이다. 어떤 식으로든 획일화된 틀에 갇히는 것을 경계해야 한다고. 자유롭기 위해 선택했는데 아이러니하게 다시 자유가 억압되는 것은 옳지 않으니까. 그러니, 나의 아름다움도 선택과 자유로움을 포괄하는 것이다. 원할 때 화장을 하거나 하지 않고, 머리카락을 기르거나 자르고, 치마나 바지를 입고, 안경을 끼거나 끼지 않고, 넥타이를 매거나 매지 않으며 자유롭게 살아갈 거란 이야기다.

아름다움이 선택이라는데, 그렇다면 왜 어떤 아름다움은 불편하다고 하는 것일까? 왜 어떤 꾸밈은, 어떤 노출은 불편하다는 이야기를 듣는 것일까? 똑같이 섹시한 의상을 입은 여성이 누군가에게는 환호를 받고 누군가에게는 성적 대상화가 되었다는 비판을 받는 것일까?

이는 선택의 주도권이 '나에게 있는가', '나를 바라보고 평가하는 상대에게 있는가'의 문제이다. 상대의 시선에 맞추었음에도 나의 선택이라 착각할 때도 있다. 많은 여성이 어릴 때부터 타자의 시선으로 스스로를 바라보는 것을 자연스럽게 체득했기 때문이다. 그러니 이건 정말 내가 원했던 선택일까, 다시 생각해볼 계기를 가져야 한다. 0과 100 사이 어느 곳에서 스스로를 옥죄이지 않는 편안한 아름다움을 가질 수 있도록.

나는 몇 년 전과 비교하면 비약적으로 큰 선택권을 갖게 되었다 느낀다. 이전에는 방송 의상을 고를 때, 여성 아나운서이기 때문에 프로그램 안에서 보다 '샤랄라'하거나 화사한 이미지를 더하는 역할을 해주어야 하는 건 아닐까 의식했었다. 원피스를 입지 않고 중성적인 옷을 입으면 제작진이 싫어하지 않을까? 시청자가 칙칙하다고 불만을 느끼지 않을까? 하고.

하지만 이제는 단정하면서 개성이 드러나는 옷을 자유롭게 선택해서 입는다. 누군가에는 낯설 수 있지만 낯선 것이 틀린 것은 아니기 때문이다. 매일 아침, 스스로에게 물어보자. 내가 원하는 모습일까, 내가 선택한 모습일까. 원하지 않는 아름다움은 버려도 좋다.

때론 이기고
때론 지면서

~~~~~~~~~~~~~~~~

오늘도 카페에서 엉덩이를 오래 붙이고 앉아 있는 연습을 하는 중이었다. '으으으으.' 나이 들수록 지구력이 줄어드는 것 같아, 오늘은 여기까지. 목표치를 채우지 못하고 주섬주섬 백팩을 꾸려 밖으로 나왔다. 동네 카페 투어도 아니고 매번 헛발질만 하다 돌아가는 것 같아 골목을 세상 힘없이 걷는데, 휴대폰 진동이 울렸다.

회사 선배로부터 온 전화였다. 내가 책 작업을 하고 있다는 이야기를 들었다면서 잘 되어가느냐고 물었다. 예전에 봤을 때도 그럴 줄은 알았지만 요즘 성장하는 걸 보면 놀라게 된다고, 칼럼도 재미있게 읽고 있다 하신다. 이쯤

이면 지쳤을까 싶었던 걸까, 어찌 이리도 힘이 되는 말을
해주는지. 언덕을 오르면서 통화하니 헉헉 호흡이 가빠왔
다. 잠시 멈춰 서서 숨을 고르는데 선배가 물었다. 일하는
여성의 아이콘으로서 〈세바시〉에서 강연 섭외를 하고 싶
다는데 연락처를 알려주어도 되겠냐고.

"세바시라니요, 당연하죠 선배님!"

〈세바시〉 작가님은 내게 올해 초부터 연락하고 싶었는
데 이제야 닿게 되었다며 첫인사를 전했다. 이번에 '미디
어 속의 여성'을 주제로 강연회를 열게 되었는데 참여가
가능하겠느냐고 묻는다.

"지금 연락해주셔서 감사한걸요."

더 일찍이었다면 아마 나는 한쪽 가지만 자란 나무였
을 것이다. 지난 몇 개월 사이 감당하기 버거울 만큼 많은
일이 일어났다. 경험을 공유하고 의견을 말할 때 응원과
동시에 저항을 받았고, 때로는 한마디도 할 수 없을 만큼
힘겹기도 했다. 이번 〈세바시〉라는 무대에서 오래 고민했
던 하나의 주제에 대해 완결하는 의미를 가질 수 있을 것

같았다. 하지만 만만치 않은 저항도 각오해야 할 터였다. 그게 무서워서 움츠러들고 싶지는 않았다.

　이번 달 일정이 빼곡했지만 무대에 서기로 한 이상 허투루 준비할 수 없었다. 더 이상 짬을 낼 수 없다 생각했는데 시간이라는 게 쪼개면 또 어떻게든 만들어지니 신기하지 않은가. 효율성을 높이거나 지구력을 늘리거나 하면서. 몇 날 며칠 잠을 줄이고 수십 번 고치고 들여다보며 원고를 완성했다. 그리고 강연 날이 되었다. 본래 청중들이 객석을 채울 예정이었지만 코로나 상황이 심각해지면서 무관중으로 바뀌었다. 대신 온라인으로 생중계될 예정이라 그 긴장감은 다르지 않았다. 리허설 때 무대에서 동선과 오디오를 체크하는데, 준비한 이야기가 버퍼링이라도 걸린 듯 매끄럽게 나오지 않았다.

　'왜 이렇게 떨릴까, 큰일이네.'

　예정된 시간이 되었다. 사회자가 나를 소개했고, 문이 열렸고, 객석을 드문드문 채운 제작진들의 힘찬 박수 소리가 들렸다. 신기하게도 무대에 서니 조금 전까지 팽팽하던 긴장감이 순식간에 증발해버렸다. 애쓰지 않아도 술술,

나의 이야기가 공기방울처럼 퍼져나갔다. 보이지 않는 관객과 뜨거운 대화를 하는 듯했다. 이야기하는 중 울컥함이 올라왔다. '절대 울면 안 돼' 몇 초간 정적이 흘렀고 마음을 다잡았다. 혹여 약한 모습으로 비치고 싶지 않았으니까. 목소리를 가다듬고 다시 말을 이어나갔다. 현장 반응은 뜨거웠다. 강연을 마치고 생각했다. '어디에서 그런 울컥함이 나온 걸까?' 마음을 다한 무대였다.

온라인에서 최초로 공개하는 날이 되었다. 영상이 공개되기 한 시간 전 강연 예고 클립이 올라오는데 우려했던 일이 일어났다. 내용을 보기도 전에 '싫어요'가 찍히며 사전 채팅방에 비꼬는 말들이 달리기 시작했다. 누군가 특정 사이트에 강연 링크를 가져가 공유한 것이다. 소위 좌표찍기였다. 미디어 속 여성의 경험에 대해 이야기하는 게 어떻다는 말인가. 이런 비상식적인 반응에는 무뎌져야지 하면서도 허탈함이 밀려오는 건 어쩔 수 없었다. 영상의 내용을 보지도 않고 익명으로 키보드를 두드리는 사람들을 어떻게 받아들여야 할까. 가볍게 내뱉는 말들이 지긋지

굿하게 싫은 날이었다. 강연을 보고 감동받았다는 연락과 응원의 댓글이 훨씬 많았지만 그날은 많이 약해져 있었나 보다. 종이에 벤 손가락 끝 작은 상처가 크게 욱신거리는 것처럼. 누군가 잘 봤다고 말할수록 이상하게 또르르 눈물이 날 것 같았다.

　다음 날이 돼서야 휴대폰을 다시 들여다볼 힘이 생겼다. 반가운 메시지가 와 있었다. 14년 전쯤이었나, 공대 캠프에서 만난 후배 B였다. 당시 나는 학생기자를 하던 대학교 3학년생이었고 B는 캠프에 참가한 고등학생이었다. 나는 B가 속한 조의 담임이었는데, 여러 아이들 사이에서도 유난히 똑 부러지고 당찬 모습이어서 선명하게 기억이 났다. B는 승무원이 되었다고 했다. 공대에서 만난 우리가 한 명은 아나운서가 되고 한 명은 승무원이 되다니 알 수 없는 인생이다 싶었다. 그는 내 강연을 보고 너무나 공감한다고 했다. 승무원으로 일하며 가슴 한편에 담아두고 참아야 했던 불편함과 설움을 대신 이야기해주어 시원한 감정을 느꼈다는 장문의 문자를 보내온 것이다. 본인도 가끔 예민하다는 이야기를 듣지만 결국 예민하다 평가받는 사람들이 세상을 바꾸는 것 아니겠느냐고 말했다. 힘이 된다면 커피 100잔이라도 살 테니 혹여 말도 안 되는 댓글을 보고 제발 상처받지 말라는 귀여운 협박도 덧붙였다.

"10년도 더 된 기억이네요. 언니는 그때도 정말 멋져 보였는데, 커서 보니까 더 멋진 분이에요. 많은 여성이 언니를 보고 새로운 모습의 여성을 꿈꿀 수 있게 되었어요. 캡틴마블처럼요. 많은 사람이 느끼고 있을 거예요. 언니가 세상을 바꾸고 있다는 것과, 세상이 바뀐 걸 알려주는 사람이라는 걸요!"

B에게 고마웠다. 내가 너무 많은 말을 한 걸까 싶었을 때, 계속해서 이야기할 이유를 들려주었으니까.

이후 영상을 봤다는 방송국 동료들의 반응이 들려왔다. 앵커로서 느낀 한계와 과정을 구구절절 공감한다는 동료도 있었고, 왜 그렇게 느끼는지 이해하지 못하겠다는 동료도 있었다. 같은 현장에서 일하면서도 불편함을 느끼는 사람이 있고 아무 불편함을 느끼지 못하는 사람이 있다.

예민한 감정을 느낄 계기조차 없다는 것은 이미 어떠한 권력을 갖고 있음을 의미할 수도 있다.

한 선배는 이런 문자를 보내왔다.

"우리 현주가 저런 고민을 하고 저 자리에 있구나. 자기 자리는 누가 데려다 놓는 게 아니라 스스로 찾아가는 거라고 난 늘 생각해왔단다. 네게는 그게 잘 보여. 때로는 지기도 하고 감당해야 할 일도 생기지. 넌 많이 이기길. 매번 지는 게 아니라면 많이 싸울수록 승률이 높아지겠지. 너의 의견을 갖고 부딪치고 네 길을 만들어내는 게 대견하고 자랑스럽다."

'매번 지는 게 아니라면 많이 싸울수록 승률이 높아지겠지.' 이 말을 몇 번이고 다시 곱씹어보았다. 선배의 경험과 지혜가 깃든 말이었다.

'그래, 가끔 지더라도 결국 오래 이기겠어. 머물지 않고 계속해서 나아가겠어.'

변화는 저절로 오는 것도, 누군가 짠 하고 바꿔주는 것도 아니었다. 한 번에 일어나는 것도 아니었다. 선배가 그러했듯, 선배의 선배가 그러했듯 계속해서 싸우고 지고 이기면서 서서히 바뀌어온 것이다. 지나고 나서 그땐 그럴 수밖에 없었다는 말로 후회하지 않을 것이다. 지금 내 자리에서 바꿀 것이다. 때론 이기고 때론 지면서.

브래지어
없는 날

"노브라로 생활하는 하루를 찍어볼까 해요."

시리즈M 제작진이 조심스럽게 출연 제안을 건넸다. 새롭게 론칭하는 다큐멘터리의 첫 화 주제로, '인간에게 브래지어가 꼭 필요할까?'에 관한 실험이라 했다. 남성 참가자들은 브래지어를 착용하고 하루를 경험하고, 여성 참가자들은 브래지어를 착용하지 않고 하루를 보내는 것이다.

흥미로운 실험이 될 것 같았다. 평소에 늘 착용하지만 가끔 답답하게 느껴지는 브래지어에 대해 의문을 품곤 했었다. 하지만 막상 일상에서 브래지어를 하지 않고 생활하는 건 엄두가 잘 나지 않았다. 여러 가지 생각을 할 수 있

는 계기가 될 듯했고 당연하게 여겼던 고정관념을 들여다
보는 실험이 되지 않을까 싶었다. 다만 망설여지는 점이
있었다. 매일 생방송을 해야 하는데 어쩌지, 그게 가능할
까. 제작진도 아나운서라는 직업적 이미지와 특수성을 알
기에 제안하기 조심스러운 부분이 있다며 촬영하면서 무
리하게 강행할 필요는 없다고 말했다. 힘든 상황에서 왜
힘들었는지 솔직한 감상을 공유하는 게 더 중요한 것이니
까. 함께하겠다 답하고 아나운서국으로 돌아오는데, 그렇
게 떨리는 기분은 오랜만이었다.

노브라로 생활하는 챌린지 당일이 되었다. 오늘의 첫
일정은 아침 생방송이었다. 출근룩은 브래지어를 하지 않
아도 티가 나지 않도록 셔츠에 어두운 색 재킷을 매치했
다. 그런데 옷을 입기 전에 나도 모르게 속옷 함에 있는 브
래지어로 먼저 손을 뻗는 것 아닌가. '아, 오늘 하지 않는
날이지.' 머리로는 알면서도 몸이 먼저 반응하는 것이다.
차 키를 챙겨 가방을 매고 현관을 나오는데 기분이 이상
했다. 뭔가 빠트린 기분. 이렇게 하고 회사에 가도 되는 걸

까? 아나운서국에 도착해 방송 의상으로 갈아입었다. 코디 팀에 미리 프로그램 취지를 말하고 신경 써달라 부탁해두었더니 가슴 부분이 장식으로 도톰하게 부풀어 있는 짙은 색 원피스를 준비해주었다. 거울에 이리저리 살펴보는데, 도드라져 보이는 부분이 없어 패치를 붙일 필요가 없겠다 싶었다. 주로 저녁에 산책할 때만 브래지어를 하지 않았는데 이렇게 숨쉬기 편안한 기분을 직장에서도 느낄 수 있다는 게 신기했다.

촬영 팀 카메라가 분장실에 들어오자 주변에서 어떤 촬영인지 궁금해했다. 노브라 챌린지라 말하니 다들 깜짝 놀라며 그럼 지금 '그것'을 하지 않은 거냐고 물었다. 신기하다, 이게 가능할 거라 생각하지 못했다, 기분이 이상하다, 정말 생방송을 그대로 진행하는 거냐고 반신반의하는 분위기였다. 역사적인 순간처럼 느껴진다는 동료의 말도 있었다. 그리고 생방송이 시작됐다. 아무 사건사고 없이 방송은 무사히 끝났다. 괜찮을까 지켜보던 동료들이 함께 안도했다.

세상에, 그러니까 그냥 하면 되는 거였다. 왜 그리 어렵게 생각했던 걸까. 그동안 나조차 노브라를 선택하는 여성들이 더 특수하고 자유로운 생각을 갖고 있다고 생각했었는데 이건 특수한 선택이 아니었다. 마음의 장벽만 넘으면 누구나 간단히 할 수 있는 것이었다. 선택할 수 있다는 걸 생각해볼 계기를 갖지 못했기에 습관처럼, 당연하게 브래지어를 찾았던 것 아닐까. 물론 이번에는 한 가지 전제가 있었다. 유두가 드러나지 않았다는 것이다.

오늘 노브라로 방송한 것에 대해 사람들의 생각을 듣고자 스튜디오에 있던 스태프들과 감독님에게 인터뷰를 진행했다.

"사실 저 오늘 노브라로 생방송을 진행했는데, 눈치 못 채셨죠? 알고 나니 어떤 생각이 드세요?"

상대가 지금 노브라라는 것을 인지하고 나자 갑자기 어색한 표정들을 짓기 시작했다. 조금 전까지 아무렇지 않았는데 갑자기 어떻게 대해야 할지 모르겠다고, 이상하게 얼굴을 쳐다보기가 힘들다는 솔직한 느낌을 말해주었다. 이와 대비되는 며칠 전의 상황이 떠올랐다.

노브라 챌린지의 사전 인터뷰가 있던 날이었다. 스튜

디오에 도착하니 한편에 형형색색 다양한 기능을 가진 브래지어들이 걸려 있었다. 이런 걸 어디에서 구했나 싶게 다채로웠다. 참가자들은 돌아가며 각자 경험한 브래지어의 불편함에 대해 말했다. 한여름에 땀이 차서 힘들고, 와이어가 삐져나와 찔려본 적이 있고, 소화가 되지 않아 답답함을 느낀 적이 많다고 했다. 나는 집에 오면 가장 먼저 하는 일이 브래지어를 푸는 것이라고 말했다. 우리 이야기를 듣던 한 남자 제작진이 질문했다.

"그런데 와이어가 뭔가요?"

브래지어 겉으로는 보이지 않기에 많은 남자들이 와이어의 존재를 모르는 듯했다. 볼륨을 살려주는 대신 가슴을 답답하게 옥죄는 와이어의 존재를.

인터뷰를 마치고 나오는데 남자 스태프 여럿이 촬영했던 브래지어를 정리하고 있었다. 너무 아무렇지도 않게 브래지어를 만지는 모습이 생소해 보여 처음부터 이렇게 자연스러웠느냐 물었다. 물론 아니라고, 처음에는 어색하고 왠지 부끄러웠는데 이번 촬영 때 하도 많은 이야기를 듣고 알게 되니 아무렇지 않아졌다고 했다. 오픈해서 함께 이야기를 나누고 나면 더 이상 부끄러움이나 금기의 주제가 아니게 되는 것이었다.

오후에는 녹화방송이 있었다. 그런데 이번 의상에서는 유두가 도드라져 보였다. 이럴 때를 대비해 가져온 패치가 있었다. 지난 여름에 샀지만 브래지어를 매일 착용해서, 수개월이 지나도록 쓰지 않고 방치하게 된 패치였다. 그런데 패치를 붙였음에도 도드라져 보이는 건 여전했다. 난감해하며 탈의실 밖으로 나오는데 김선영 평론가님이 가방에서 자연스럽게 패치 하나를 꺼내 건넸다.

"이건 아마 괜찮을 거예요."

오늘 촬영이 있다는 걸 미리 안 것도 아닌데 어떻게 패치를 가져오셨지? 평론가님은 이미 오래 전부터 노브라를 생활화하고 있었고 그래서 항상 패치를 갖고 다닌다고 했다. 주변에 있던 다른 작가님들도 하나 둘 자신의 경험담을 공유하기 시작했다. 작가라는 직업 특성상 오랫동안 앉아서 작업해야 하기에 계절에 상관 없이 브래지어를 하지 않는다고 했다. 주위에 이렇게 노브라가 일상화된 여성들이 많다는 걸 왜 몰랐을까? 다양한 경험들이 널리 공유된다면 브래지어가 필수가 아닌 선택의 영역으로 바뀔 수 있지 않을까.

　노브라 챌린지를 기념하기 위해 사진관으로 향했다. 하루 종일 브래지어를 하지 않고 지내본 것은 초등학교 때 처음 브래지어를 차기 시작한 이후 처음이었으니 가히 기념할 만한 날이었다. 상대방이 카메라를 들고 나를 찍으면 왠지 자세가 움츠러들 것 같아 셀프로 사진을 찍을 수 있는 곳을 골랐다. 사장님은 내 이야기를 듣고 너무나 반가워하며 아낌없는 응원을 보내주었다. 자신도 브래지어가 답답해 가끔 하지 않지만 여전히 조심스럽다며, 사람들이 브래지어 하지 않은 여성을 더 자연스럽게 받아들일 수 있게 되면 좋겠다고. 사진을 찍은 후 메시지 카드에 오늘을 기념하는 메시지를 남겼다. '노브라 데이! 더 자유롭게!'

　마지막 일정은 마트에서 장을 보는 것이었다. '유두가 도드라지는 것을 신경 쓰지 않고 자유롭게 다닐 수 있을까?' 하는 궁금증에 대한 마지막 실험이었다. 반소매에 후드를 걸치고 카트를 끌기 시작했다. 지금은 셀프 카메라만 돌아가고 있으니 촬영 중이라는 것을 사람들은 알지 못했다. 용기를 내서 후드를 벗고 걷기 시작하는데 갑자기 위축되는 기분을 느꼈다. 사람들이 몰려 있는 곳은 피해 돌아가게 되었다. 누군가 나를 본다면 저 사람은 왜 저렇게 다니지 하며 이상한 눈빛을 보낼 것 같았다. 혹여 상대가 그렇게 본다고 해도 그 사람 잘못이라 할 수 없을 것이었다. 나는 그렇지 않을 수 있을까? 유두가 드러나는 여성을 보고 속으로라도 놀라지 않고 지나칠 수 있을까? 달리 생각해보면 남성의 유두가 드러나는 상황에서도 그런 생각을 할까? 여성보다 왜 자연스럽게 느껴질까? 남성에 비해 여성의 것은 더 많은 불편한 시각을 감내해야 하는 게 현실이었다. 왜 여성의 유두는 남성의 것보다 특별하게 감추어야 하는 걸까.

챌린지 이후 이제 브래지어는 내게 자연스러운 선택이 되었다. 어느 날은 의식하지 못한 채 브래지어를 하지 않고 출근한 날도 있었다. 그때도 당황하지 않고 재킷을 입고 생방송을 진행했다. 일상에서는 더 자주 브래지어를 하지 않는다. 그러면서 유두가 도드라질까 이전만큼 신경 쓰지도 않게 되었다. 혹여 보이면 어떠한가. 스스로의 생각이 먼저 자유로워지니 브래지어 하지 않는 상대를 바라볼 때도 전혀 이상하다거나 특별하게 바라보지 않게 되었다. 사람과 상황에 따라 브래지어를 하는 게 더 편안하고 좋은 경우도 있다. 다만 불편하고 답답하다면 하루쯤 완전히 하지 않고 지내보아도 좋다. 나에게 좋은 것을 선택하는 것, 그게 가장 좋은 것 아니겠나.

이제 우리가 브래지어 다음으로 자유로워져야 하는 건 뭘까? 그러니까, 그냥 하면 되는 것들. 막상 바꾸고 나면 '왜 그리 어렵게 생각했던 걸까?' 싶어질 것들 말이다.

나만의
작은 나무를 심다

~~~~~~~~~~~

촬영이 끝난 후 하루의 경험을 공유하면 좋겠다 생각했
다. 그동안 숱하게 경험한 바에 따르면, 이렇게 종일 촬영
을 해도 방송에는 몇 분가량으로 간단히 편집되어 나갈
테고 세세한 경험을 전하기에는 턱없이 부족할 것이었다.
브래지어를 하지 않는 선택에 용기가 필요하다면 누군가
에게는 용기를, 생각할 계기가 없었다면 새로운 계기가
되기를 바라며 '브런치'에 후기를 써서 올렸다. 그런데 방
송 이후 글이 큰 화제가 됐다. 덩달아 노브라챌린지 방송
과 관련해 사흘 내내 내 이름이 실시간 검색어에 오르고
수백 개의 기사가 쏟아졌다. '노브라'라는 방송 주제가 결

코 생소하거나 새로운 주제는 아니었기에 이렇게까지 화제가 된다는 것이 뜻밖이었다. 격렬한 찬반 논쟁이 들끓으면서 응원하고 공감한다는 댓글 못지 않게 노브라를 할 거면 혼자 하지 누가 신경 쓴다고 굳이 방송에서 하고 글까지 쓰느냐는 댓글도 수없이 달렸다.

기자들의 인터뷰 요청이 쇄도했다. 의도와 달리 왜곡되어 전해지는 기사를 원치 않아 대부분 거절했는데, 한 매체에서 방송을 제작한 PD와 함께하는 인터뷰를 요청해 왔다. 그렇다면 괜찮지 않을까 싶었다. 방송의 취지를 더 잘 이해하고 기사를 쓸 수 있을 테니까. 기자님은 나를 보자마자 가장 먼저 '괜찮으냐'는 말을 건넸다. 오늘 나를 인터뷰하러 간다는 말을 듣고 동료 기자들이 걱정하고 있다는 말을 전해달라 했다는 것이다. 물론 살면서 이렇게 많은 악플을 경험한 건 처음이었다. 그런데 이상하리만큼 괜찮았다. 비평과 비난은 다른 것이니까, 여러 반응들을 보며 거기에 내재된 의미를 해석해보자 했다. 관심을 끌고 싶어 한다느니, 튀려고 생방송에서 노브라를 했다느니 곡

해하는 이야기들은 여전히 이 선택이 자유롭지 않음을 역으로 생생하게 보여주고 있었다. 언젠가 시간이 지나면 이런 논쟁이 있었다는 사실 자체가 낯설게 느껴지는 날이 오겠지.

그런데 기사가 점점 자극적으로 편집되고 챌린지의 본래 취지는 증발하면서 점점 나에게 페미니스트냐며 비아냥거리는 댓글을 달거나 메시지를 보내는 사람들이 생겨났다. 어제도, 오늘도, 늘 나였는데 대외적으로 목소리를 낸 이후 갑자기 사회에 불만이 많은 사람 같다거나 기가 세다는 이야기를 들었다. 앞뒤 자른 발언을 짜깁기하거나 확대 해석해서 공격조의 글을 쓰는 사람들도 있었다. 익숙한 양상이었다. 어떤 여성 연예인에게는 《82년생 김지영》을 읽었다는 이유만으로 '꼴페미'냐는 악플들이 달렸고, 특정 티셔츠를 입었다고 해서 걸그룹이 무슨 페미니스트냐 공격받으며 남녀갈등을 조장한다는 말도 안 되는 비난을 들어야 하지 않았나. 미디어 속의 여성들은 쉽게 공격의 표적이 되었다. 지금까지 자신들이 좋아했던 대상

이었음에도 여성의 이야기를 표현한다는 이유로 갑자기
믿고 거르는 대상이 되곤 했다. 물론 좋아하지 않으면 그
만이다. 그런데 왜 이런 비이성적인 공격까지 받아야 하는
가, 부당하게 느껴졌다.

　그리고 생각했다. 많은 여성들이 페미니즘을 말하기
주저하는 이유는 무엇일까. 무엇 때문인지는 언뜻 이해할
수 있었다. 페미니스트라 하면 왠지 강경하고 다가가기
어려울 것 같다는 느낌을 이전에 나도 갖고 있었으니까.
페미니즘을 처음 알게 된 건 스무 살 때였다. 대학 입학 후
가장 먼저 가입한 곳은 인문학부 선배들 위주의 독서 동
아리였는데 그중 한 선배가 자주 페미니즘 책을 들고 다
녔다. 딱히 눈길이 가진 않았다. '이런 걸 왜 공부하는 거
야?' 단어부터 생경했고 나와는 별로 상관없는 이야기라
느꼈다.

　이후로도 페미니즘에 별달리 관심을 가져볼 계기를
갖지 못했고, 그저 나는 나대로 의문이 생겼을 때 할 수 있
는 일을 한 것뿐이라 생각했다. 그런데 스스로를 페미니스

트로 정의하기도 전에 사람들이 내게 페미니스트라는 이름을 붙여주었다. 이제는 알아야 했다. 그리고 알고 싶어졌다. 페미니즘이 무엇이길래 이야기를 꺼내는 것만으로도 불편하고 예민한 사람이 되는지. 가까운 친구들과는 여성주의에 대해 거리낌 없이 이야기하면서도 일상의 많은 순간에서는 정작 어디서부터 설명해야 할지 막막함과 답답함을 느끼고 입을 다물게 되는 것인지, 알고 싶어졌다.

이후 여러 책을 읽었고, 여성주의에 대해 각기 다른 온도의 시각을 갖고 있는 동료들과 많은 이야기를 나누었다. 알면 알수록 가려졌던 또 하나의 세상을 알게 되는 기분이었다. 처음 스쿠버다이빙을 하고 바닷속으로 들어갔을 때, 내가 몰랐던 절반의 세상이 있다는 것을 발견한 듯 느낀 것처럼. 그동안 일상에서 혹은 직장에서 경험했던 의문이나 부당함에 대해 이해할 수 있는 언덕이 생긴 듯했다.

그러면서 여성주의에 대한 나만의 나무를 키우고 싶어졌다. 아니 그래야 했다. 페미니즘 안에도 여러 의견과 갈래가 있고 그로 인한 갈등과 이견이 존재했다. 너의 페

미니즘은 옳다, 틀렸다 평가받는 것에 누군가는 지치고 말았다. 누군가는 언덕을 직접 밟아보지 않은 채 부유하는 이야기만 듣고 삐딱한 시선을 갖기도 했다. 나는 어디에도 휩쓸리고 싶지 않았다. 알아야 할 이유는 충분했고 지켜야 할 것은 분명해 보였다. 나만의 작은 나무를 심으면서 다양한 생각과 의견을 비료 삼아 나무를 풍성하게 키워나갔고, 필요하다고 생각될 때는 가지치기를 했다.

내 작은 나무의 성장은 지금도 진행 중이며, 앞으로도 계속될 것이다. 내가 키우고 있는 나무가 누군가에게는 덜 완벽할 수 있고 마음에 들지 않을 수도 있다. 이에 대한 고민을 《붕대감기》를 읽으며 해결할 수 있었다. 우리에게는 거대한 하나의 페미니즘 대신 각자의 작은 페미니즘이 필요하다는 것이다. 누군가는 기혼, 누군가는 비혼, 누군가는 20대, 누군가는 50대. 각자 다른 환경에서 선택은 다를 수밖에 없다. 마음의 방향성이 같다면 다양성은 존중되어야 하는 것 아닐까.

함께 살아가기 위해서. 무엇보다 페미니즘을 알지 못

하더라도 우리는 이에 대해 얼마든지 이야기를 나눌 수 있다. 하나의 단어에 대해서가 아니라 세상을 대하는 태도, 방향성에 대한 이야기를 말이다.

너는 어느 쪽이냐
하는 말에 대하여

~~~~~~~~~~~~~~~

언제부터 여성주의를 알았느냐, 유행처럼 따르는 것이냐,
혹시 무슨 이득을 보려고 목소리를 내느냐 하는 질문을
꽤나 많이 받았다. 너는 어느 쪽이냐 묻는 질문들에 대해,
나는 약한 것, 부당함을 견뎌야 하는 쪽에 서 있다고 말하
겠다.

'휴먼human'이라는 단어를 들었을 때 여성이 떠오르는
가, 남성이 떠오르는가? 혹은 둘 다 떠오르는가? 우리에게
익숙한 제도, 프레임, 기준은 지금까지 주로 남성이 기본
값으로 설정되어 있었다. 여성의 시각을 이해해야 하는 이

유이다. 오랜 기간 권력을 가진 자도, 결정권을 가진 자도 남성이 대다수였고 여성의 시각과 입장은 의도하지 않더라도 배제되기 쉬웠다. 누구나 자신에게 익숙한 것을 본래 존재하는 기준처럼 느끼기 때문이다. 여성의 이야기는 잘 기록되지 않거나 부차적인 것으로 취급되기 일쑤였다. 능력주의 사회에서 공정한 경쟁을 통해 남성이 여성보다 더 우수한 업적을 많이 만들었기 때문에 남성 위주의 역사가 기록되었을 뿐이라는 말도 옳지 않다. 사회적 차별로 인해 남성에게 더 많은 기회가 부여되곤 했고, 업적을 남긴 여성들의 이야기는 예외적이고 특수한 것, 부차적인 것으로 여겨졌던 것이다.

여성주의를 이해하는 데 많은 도움이 됐던 책은 여성학자 정희진의 《페미니즘의 도전》이었다. 정희진은 말한다. 현실에서 여성주의를 아는 것 자체로 비난받는 경우가 많은데, 이유는 불편하기 때문이라고. 언뜻 보면 아무 문제없이 굴러가는 세상인데, 익숙한 생각의 전환을 요구하는 게 불편한 목소리처럼 느껴질 수 있다는 것이다. 하지만 본래 안다는 것은 상처받는 일이고 불편한 것이라 말한다. 무지로 인해 보호받아온 자신의 삶에 대한 부끄러움 같은 것들을 알게 되면 상처받을 수밖에 없는 일이라고 말이다. 하지만 색안경을 벗고 여성주의를 바라보면 자신이 어떤 존재인지 의문을 갖고 스스로를 정의할 수 있는 힘을 갖게 될 거라고 말한다. 여성 문제는 곧 남성 문제이며 남성이 자신을 알려면 여성 문제를 알아야 하기에, 여성주의는 여성만을 위한 것이 결코 아니라고 말이다.

여성을 이해하려는 노력은 지금까지 알려지지 않았고 주목하지 않았던 현실을 제대로 응시하고 들여다보는 일이다. 가려졌던 장막을 걷어내는 것이고, 시스템과 법의 부재를 다시 살펴보는 일이다. 최근의 변화들이 과연 부당하게 느껴지는가. 미투 운동으로 성폭행에 대한 시각이 가해자 중심에서 피해자 중심으로 옮겨가고 있고, 2차 가해에 대한 사회적 인식이 생겨났다. 데이트 폭력, 가정폭력, 디지털 성범죄 등 여성이 느끼는 공포와 불안에 대한 공감대가 생겼다. 같은 일을 하고도 다른 임금을 받거나 다른 계약조건을 체결하는 등 불평등에 대해 목소리를 낼 수 있

게 되었다. 하지만 기울어진 시각을 완전히 회복하기까지
는 아직 갈 길이 멀다.

이 세상에 차별이 어디 있나, 여자들은 왜 더 요구하기
만 하느냐 하는 반발은 만연해 있다. 고위직에 여성들이
진출하고 있고 오히려 남성들이 기를 못 편다고도 말한다.
하지만 들여다보면 단지 소수의 여성이 자리를 차지해도
엄청난 변화가 생긴 것처럼 평가하는 오류가 있다. 여성의
결정권에 대한 인식은 또 얼마나 경직되어 있는가. 똑같이
프로페셔널한 태도를 취해도 여성들은 냉정하다는 이야
기를 듣기 쉽고, 아이를 낳지 않겠다는 여성에게는 왜 본
인만 생각하느냐는 비난이 따른다. 나이 든 여성은 여성으
로서의 존재감을 잃었다는 시선을 받곤 한다. 주체적인 삶
을 선택한 여성들이 선택받지 못해서, 불만이 쌓여서, 예
쁘지 않아서, 후회할 줄 모르고 하는 행동이라는 말을 듣
게 된다.

왜 여성의 이야기만 하느냐, 남성의 힘듦은 누가 알아
주느냐, 왜 이퀄리즘이 아니라 페미니즘이냐고 묻는다. 남

자는 군대 가는데 왜 여자는 군대 가지 않느냐고 따진다. 각자 삶의 무게와 힘듦을 왜 모를까. 하지만 이건 남자가 더 힘드네 여자가 더 힘드네 하는 문제가 아니다. 개인적으로는 페미니즘을 이퀄리즘으로 불러도 상관없다고 생각한다. 어떤 이름을 붙이느냐가 중요한 게 아니라 방향성이 중요한 것이니까. 페미니즘은 결국 기울어져 있는 운동장을 똑바로 잡는 이퀄리즘일 테니까. 내가 지향하는 바는 여성의 목소리가 무조건 우대받거나 기계적 평등이 이루어지는 것도 아니다. 지금 내가 아는 것이 정답이라고 생각하지 않는다. 경험과 대화로 계속해서 정정하고 채워나갈 것이다. 알아가고자 한다면 누구와도 손을 잡을 수 있으니까. 화를 내는 건 쉽다. 불특정 다수에게 설명하는 건 버겁게 느껴진다. 가장 좋은 건 서로에 대한 존중을 잃지 않는 상대와 대화하는 것이다.

몇 달 전 김영미 PD님과 영화 〈세인트 주디〉 관객과의 대화를 진행하던 때였다. PD님은 격렬하게 충돌하곤 하는 남녀갈등에 대해 이렇게 말했다. 남녀의 문제가 아니라

강약의 문제로 바라봐야 한다 생각한다고. 본인이 그것을 깨달은 계기가 있다고 했다. 약소국에 취재를 갔을 때였는데, 현지 남성들이 자신을 공격적으로 대하지 않는 걸 느끼며 더 잘사는 나라에서 온 여성은 그곳에서 강자라는 것을 느꼈다고 한다. 고개가 끄덕여질 수밖에. 만일 여성의 이야기가 주류가 되고 남성의 시각이 배제되는 때가 온다면 그때는 당연히 남성의 이야기에 더 귀 기울여야 할 것이다. 누가 약자의 위치에 있는가, 누구의 상황을 개선해야 하는가를 생각해보면 될 일이다.

잠시 객석을 바라보았다. 여성의 이야기가 주요 소재인 영화는 관객 비율이 여성이 더 많은 경향이 있는데 그 사이에 드문드문 앉아 있는 남성의 얼굴을 보며 문득 고마움을 느꼈다. GV가 끝나고 다가와 응원의 말을 건네주는 마음이 고마웠다. 여성인가 남성인가 이전에, 어떤 생각을 하고 어떤 방향을 가진 사람인지가 나에게는 훨씬 더 중요하다.

무게를 벗고
각자의 모습대로

~~~~~~~~~~

초등학교 1학년 소풍을 갔던 날이었다. 평평한 언덕에서 반 아이들이 옹기종기 모여 다같이 김밥을 까먹었고 잠시 후 닭싸움 대회가 열렸다. 나는 여자친구들과 남자친구들을 모두 이기고 1등을 차지했다. 선생님들과 주위의 학부모들도 다같이 환호했다. 초등학교 시절 내내 나는 그렇게 씩씩하고 적극적이고 야무진 꼬마였다.

이후 여중 여고를 진학해 '여초 집단'에서 6년을 보냈고, 그다음에는 공대에 입학해 5년가량을 '남초 집단'에서 보냈다. 학교에서 만난 친구들 선배들은 활발한 애, 조용한 애, 특이한 애, 이기적인 애처럼 다양한 인간군으로 각기 분류될지언정 인간관계에 있어서는 동등했다. 어쩌면 내가 운이 좋았을지도 모르겠다. 그런데 사회에 나오는 순간 그동안 내가 있던 울타리가 보편적이지 않았다는 것을 절실히 느끼게 되었다. 본래 잘 웃고 상대에게 스스럼없이 잘 다가가는 편임에도, 그런 것과는 별개로 특유의, 소위 여성다운 상냥함과 적당히 소극적인 태도와 말투를 미덕으로 요구하는 분위기가 있었다. 자기주장이 강한 여성은 두루 사랑받기 힘든 법이니 전면에 나서기보다 우회적으로 한 발 물러나 상황이 정리되길 기다리는 게 낫다는 식이었다.

몇 년 전 한 남성 연예인과 프로그램 진행을 맡게 된 때였다. 분배된 역할에 따라 내 대사를 살짝 비틀어 재미있게 바꾸었고 패널들과도 친밀하게 웃으며 진행을 했다. 방송이 끝나고 상대 진행자 측 관계자가 내게 말을 걸어왔다. 뭘 한마디 더 하려 하지 말고 조용히 서포트하는 게 낫다는 것이다. 황당했다. 나보다 경력 많은 상대 MC를 존중하는 건 당연했고, 그저 역할을 고민해서 충실히 임한 것뿐인데 왜 이런 이야기를 들어야 하는 건가 하고. 게다가 처음 본 상대에게 이런 식으로 말하는 건 무례했다. 상대방을 꼰대라고만 치부하기에는 그 사람이 기본적으로 여성 진행자를 어떻게 바라보는지 짐작할 만한 여러 뉘앙스가 느껴졌다. 자신보다 어린 여성에 대한 존중은 없었다. 화가 났지만 당시에는 어떤 말을 해야 할지 몰라 가만히 듣고 지나갈 수밖에 없었다.

"우리는 여자아이들에게 이렇게 말합니다. 야망을 품는 것은 괜찮지만 너무 크게 품으면 안 돼. 성공을 목표로 삼아도 괜찮지만 너무 성공해서는 안 돼. 그러면 남자들이 위협을 느낄 테니까."

치마만다 은고지 아디치에의 《우리는 모두 페미니스트가 되어야 합니다》에 나온 이야기이다. 너무 큰 야망을 품을 필요 없어, 공부 잘하는 것보다 외모 잘 가꾸어서 좋은 남자 만나는 게 성공하는 길이야. 여성들에게 이런 이야기는 얼마나 익숙한가. 그러면서 스스로의 능력치를 제한하고, 리더십을 양보하고, 야망을 표현하지 않고, 성과를 알리기보다 알아주길 바라면서, 서서히 자신의 한계를 정하고 만다. 남자들을 향한 편견도 존재한다. 이를테면 '남자는 평생 세 번만 운다'는 말로 감정을 통제하려 든다. 여성과 남성, 모두 젠더의 무게에서 벗어나 자유로워지는 데 여성주의에 대한 이해는 도움이 된다.

버지니아 울프의 《자기만의 방》에 좋아하는 구절이 있다.

"순수하고 단순하게 남성 혹은 여성이 되는 것은 치명적입니다. 글을 쓰는 사람은 여성적 남성성을 가지거나 남성적 여성성을 가져야 합니다."

글을 쓰는 사람뿐일까. 모두에게 여성성과 남성성은 동시에 필요하다. 여성에게 일찍부터 스스로 경제적 능력을 가져야 한다고, 당연히 자립하는 삶을 생각해야 한다고, 리더십을 가져야 한다고, 적극 목소리를 내라고 지속적으로 이야기했다면 어땠을까. 남성에게 남자다움이나 책임감, 무게를 먼저 강요하기 전에 자신이 원하는 삶은 어떤 것인지 생각해볼 우선순위를 주었다면 어땠을까. 여성다움, 남자다움이라는 이미지에 스스로를 끼워 맞추기 전에 내가 어떤 사람인지 발견하고 어떻게 하면 더 좋은 사람이 될 수 있을지 고민하는 시간을 가질 수 있었다면 어땠을까. 스스로 선택한 여성성과 남성성 어딘가에 각자 존재하도록 말이다.

여성주의를 모르더라도 누군가는 얼마든지 잘 살 수 있다. 나 또한 그렇다 생각했다. 하지만 알게 된 이후에는 이전의 상태로 돌아갈 수 없다 느꼈다. 지나가는 유행이 아니라, 나와 내 주변을 더 평등하고 자유롭게 만드는 인식의 창이 되어주었기 때문이다. '이런 생각은 나도 갖고 있는데 다만 나는 페미니스트는 아니야.' 이 말은 또 얼마나 흔히 하는가. 그건 아마도 여성주의를 어떤 하나의 형태로 인식하기 때문일 것이다. 페미니즘은 결코 특정된 하나의 형태가 아니다. 혹은 스스로 페미니스트라고 불러도 될지 확신하지 못하는 경우도 있다. 이 역시 어떤 형태에 맞춰 매번 완벽하게 들어맞아야 한다는 생각 때문이다.

보선 작가의 《나의 비거니즘 만화》에서 말하는 비거

니즘 실천방식은, 내가 여성주의를 이해하고 받아들이는
데 하나의 힌트가 되었다. 비거니즘에 대해 완벽하게 실천
해야 한다는 생각을 떠올리면 아무것도 하지 못하고 포기
부터 하거나 혹은 한번 어긋났을 때 절망감에 빠질 수 있
는데, 그렇지 않아도 된다고, '불완전한 실천'일지라도 괜
찮다는 것이다. 약한 것에 대한 마음, 부당한 것에 대한 의
문이 있다면 내가 할 수 있는 작은 것들부터 시도해보면
되는 것이다. 중요한 건 얼마나 완벽한가보다 불편한 것을
불편함으로 두지 않고 조금씩 바꾸려는 행동 그 자체니까.

강화길 작가님의 《화이트 호스》에 나온 구절은 단단
한 마음을 갖게 했다.

"그럼에도 불구하고 그 문을 열고 들어간 사람들의 이
야기. 고리를 끊고, 의미를 바꾸려는 사람들의 이야기."

익숙하지 않은 것들을 이야기할 때 나의 의도와 달리
오해를 받기도 하고 누군가의 말에 상처도 받을 때가 있
다. 가끔은 나도 지친다. 그럼에도 계속해서 나아가야 할
이유가 존재한다면 멈추지 않기로 했다. 부조리한 고리를

끊고, 본래부터 당연하지 않았던 것들의 의미를 바꾸기 위해서. 그러니까 나는 그럼에도 불구하고, 지치지 않고 나아갈 것이다. 무언가를 선언한 후 사라지지 않을 것이다. 꾸준한 마음으로, 꾸준히 실천하며 살아갈 것이다.

우 리 의
용 기 에
관 하 여

책《신문기자》의 추천사를 쓰면서 인스타그램에 '나의 용기'
에 대한 질문을 올린 적이 있다.
"여러분이 용기를 냈던 경험, 혹은 여러분이 생각하는 용기란
무엇인가요?"
수많은 메시지를 하나하나 읽으며 누군가의 용기로 내 안이
팽팽하게 차오르는 기분이었다. 용기는 또 다른 용기를 불러
오는 힘이 있다는 걸 다시 한 번 느꼈다. 읽는 내내 지금 우리
가 생각하는 용기란 이런 모습이구나, 감동이 밀려왔다.

자신이 생각하는 '용기'란 어떤 것인지 들려준 분들에게 감사
하다는 말을 전하고 싶다. 매일 불안과 우울함이 기습적으로
찾아오는 일상에서, 우리에게 가장 필요한 건 나답게 살아가
기 위한 용기가 아닐까?
도착했던 메시지 중 비밀스럽고, 조심스럽고, 나에게만 들려
준 이야기는 생략하고 주요 골자만을 담아 전해보려 한다. 그

래도 메시지에 담긴 충만한 힘은 전해지리라 믿으니까.

- 꿈을 꾸는 것. 타인의 불가능하다는 시선에 맞서는 것이요.
- 실패할 줄 알면서도 도전하는 것. 가장 무서운 것이 실패할까 봐 시도도 하지 않는 것이니까요.
- 글이든 말이든 무엇이든 마음속에 있는 것들을 꺼낸다는 것 자체가 용기 아닐까요.
- 서로를 지켜주는 것이요.
- 사회에 적응하려면 진짜 내 생각을 숨겨야 한다는 생각에 쓸쓸한 마음이었는데 최근 들어 생각이 바뀌어 가고 있어요. 그래서 나 자신을 그대로 드러내는 게 용기의 일부라 생각해요.
- 저에게 용기란 즉흥이에요. 어떤 행동에 확신이 없을 때 두려운 감정의 늪에 빠지면 한도 끝도 없이 고민하다가 중요한 순간을 놓치게 되더라고요. 그래서 전 그냥 깊이 고민하지 않고 용기가 생기는 그때 바로 저지르려 해요.
- 과거에 겪은 부당한 일에 대해 다시 사과를 받는 것이요. 제게 상처를 주었던 일에 대해 사과를 받았더니 많이 나아지더라고요!
- 위험에 처한 누군가를 도와주는 건 생각보다 용기가 필요한

것 같아요.

- 나 자신이 상처받고 무너지지 않도록 나와 맞지 않는 사람은 과감하게 놓을 줄 아는 것이요.
- 느낀 감정을 솔직하게 거짓이나 꾸밈없이 글로 표현하는 것이요.
- 누군가에게 사랑한다고 감정을 표현하는 것도 용기라고 생각해요.
- 어떤 강연에서 말하길, '두려움이 공포가 되지 않도록 하는 것이 용기'라고 하더라고요. 겁난다고 무작정 뒷걸음질 칠 게 아니라 두렵더라도 그 자리에서 맞서보겠다 다짐하는 과정 자체가 용기의 시작이라고요.
- 친구가 작가 하퍼 리의 글을 보내주었어요. "진정한 용기는 상처투성이로 출발한다는 걸 잘 알면서도 멈추지 않고 전진하는 거란다." 너무 멋진 말이죠.
- 타인의 백 가지 시선 속에서도 자신의 눈이 어디로 향하는지 아는 것이요.
- 무엇인가를 알아가려고 노력하는 모든 과정이라고 생각해요. 내 모든 것이 바뀔 수 있다는 각오를 지닌 채 시작하는 것이니까요.
- 모르는 것에 대해 질문하는 것이요!

- 난관에 봉착하더라도 다시 일어나려고 하는 마음과 행동이 요. 도전하고 실패하면서 결국 무언가를 성취해내는 과정을 반복하면 주변 사람들에게 너는 참 용기 있다는 말을 듣게 될 수 있을 것 같아요.

- 겁이 나는 감정을 직면하고 앞으로 나아가려는 시도 자체가 용기 아닐까요.

- 용기가 대단한 것인 줄 알고 스스로를 용기 없는 사람이라고 생각했어요. 그런데 새로운 음식에 도전하는 것, 보고 싶은 책과 영화를 주저하지 않고 보는 것, 가고 싶은 곳을 여행하는 용기를 제가 이미 가지고 있더라고요. 이 사소한 용기의 범위를 차근차근 넓혀가려 해요. 제가 원하는 일을 모두 해보는 그날까지요.

- 상처주려는 말에 상처받고 멈추지 않는 것이요. 제가 생각하는 가장 어렵고도 큰 용기입니다.

- 뭐든 잘해야 하고 사람들에게 사랑받아야 한다는 강박이 심했던 저는 스스로의 부족함을 용납하지 못했던 것 같아요. 하지만 실패해도 괜찮고 흔들려도 된다는 나에 대한 용납이 곧 용기라는 것을 깨달았어요.

- 용기란 두렵지 않은 게 아니라 여전히 두려움에도 그걸 넘어서는 것. 실패하더라도 일단 해보는 것. 그것이 제가 지금

찾은 용기랍니다.

- 무조건 내 잘못일 거라고 함부로 단정 짓지 않으려는 용기,
  매일 아침 눈을 뜰 때부터 아무 일 없을 거라고 제 자신을 안
  심시키는 용기요.
- 인정하는 용기요. 자존심 때문에 미안하다고 말 못하고 사
  람을 잃는 후회를 이제 그만 하고 싶어요.
- 함께하는 사람들이 같은 목소리를 낼 때 진정한 용기가 솟
  아난다는 것을 깨달았습니다.
- 나다운 모습으로 사는 것이요.

그리고,

- 제가 깨달은 건 한 번의 용기는 그다음 번, 또 새로운 용기를
  불러일으킨다는 것이었어요.

슬픔에 힘이 되었던

내 옆의 누군가

5장

누군가의 앙뚜,
누군가의 우르걍

~~~~~~~~~~

몇 년간 슬픔이 덕지덕지 붙어 그림자처럼 떼어지지 않던 시간이 있었다. 산다는 건 고통 아닐까, 어른이 되고 나이가 든다는 건 괴로움의 연속이구나 싶었다. 이 먹먹한 시간은 언제쯤 끝날까? 마음이 둔해지고 무뎌지면 좋겠다고 생각했었다. 그런데 슬픔의 시간을 지나면서 이전에 없던 '눈'이 생겼다. 나와 비슷한 마음의 온도를 가진 사람을 알아차리게 된 것이다.

그런 사람들에게서는 꿋꿋해 보이는 얼굴 너머로 연약한 떨림이 느껴졌다. 반대로 예민한 눈을 가진 상대는 그런 나를 알아차렸다. 비슷한 마음의 온도를 가진 사람들과 마주하게 될 때면 너무나도 닮은 서로의 모습에 순식간에 무장해제되곤 했다.

힘들었을 마음이 이해되거나 느껴지는 날엔 눈물이 왈칵 쏟아지는 날도 있었다. 상암동 9번 라디오부스에서 내레이션 녹음을 하던 날이었다. 치매치료센터 상담사의 이야기를 전하던 중 목구멍이 먹먹해지더니 눈물이 터지고 말았다. PD 선배가 티슈 상자를 가져와 별말 없이 툭툭 뽑아 건네주었다. 뭐라도 이유를 설명해야지 싶어 내레이션 사연이 너무 슬프고 부모님 생각이 나서 눈물이 났다고 말했다. 그 말을 믿었을지는 모르겠지만.

매일 출근하는 것만으로도 버겁게 느껴지는 나날이었다. 이미 울고 싶어 죽겠는데 내레이션에서 나오는 사연도 슬프고 음악도 슬프니 눈물이 나올 수밖에 없지 않겠나. 울다 보니 콧물까지 주르륵 흐르고 있었다. 그날은 선배와 처음 인사를 나눈 날이었는데 초면에 코를 횡횡 시원하게 풀다니, 거리감이 훅 좁혀진 것 같다고 웃고 말았다. 한바탕 울고 나니 개운해진 기분이었다.

어느 날은 회사 앞 정문에서였다. 볕은 쨍했지만 전혀 신이 나지 않는 날이었다. 터벅터벅 걷는데 정문 앞에서 정은 선배를 마주쳤다. 여느 때처럼 밝게 인사하는 선배에게 나도 같이 밝게 인사하고 싶었는데 양손이 어깨 위로 향하지 못하고 아래로 툭, 그대로 얼굴을 푹 파묻고 말았다. 고개를 숙이고 우는 나를 보고 선배가 당황하며 다가왔다. 엊그제 선배 인터뷰를 봤다고 말했다. 입사 전부터 좋아했던 아나운서국 선배였지만 함께한 시간은 너무나 짧았다. 어느 날 갑자기 납득하기 힘든 이유로 다른 부서로 발령이 났기 때문이다. 누구보다 출중한 실력을 가진 아나운서임에도 마이크를 잡지 못한 채 5년의 시간이 지나버렸다. 가끔 마주칠 때마다 나는 슬픈 눈으로 선배를 바라봤고 선배는 그때마다 괜찮다고 했다. 어떻게 괜찮다는 걸까.

그런데 한 인터뷰에서 선배는 비로소 괜찮지 않다고 말했다. 영화 〈라라랜드〉를 보고 너무나 눈물이 났다고, 방송을 못해도 잘 살 수 있다고 생각했는데 영화를 보면서 방송에 대한 열정이 생각나 도저히 거스를 수 없는 운명처럼 느껴졌다고 했다. 〈라라랜드〉 속의 주인공 미아는 배우로 성공하고 싶지만 매번 오디션에서 고배를 마신다. 그럼에도 너무나 절실했기에 꿈을 포기하지 않았고 열정을 다해 결국 꿈을 이룬다. 선배는 영화를 보며 내가 진짜 하고 싶은 게 이 일이구나 깨달았다고 했다. 인터뷰를 본 나는 서글퍼졌다. 그 절실한 마음을 너무나 알 것 같아서, 그리고 아무것도 해줄 수 없는 상황이 미안해져서.

몇 달 뒤 회사는 파업을 시작했고 매일 집회가 이어졌다. 그날은 여의도에서 집회를 마쳤고 다음 날은 광화문 집회가 예정되어 있었다. 고된 일정이었지만 오랜만에 시간을 내서 저녁에 충무로로 향했다. 대한극장에서 친구들을 만나 영화 〈다시 태어나도 우리〉를 관람했다. 라다크를 배경으로 펼쳐지는 영상미에 뭐 이리 아름다운 영화가 있나 빠져들다가 이내 눈물이 뚝뚝 쉴새 없이 흘러내렸다. 영화가 끝나고 나서도 좀체 눈물이 멎지 않았다. 눈이 퉁퉁 부었고 친구들이 돌아가면서 괜찮느냐고 물었다. 아직 눈물이 그치지 않았을 때 괜찮냐는 말을 들으면 나는 다시 울고

만다. 그러니까 제가 올 때는 부디 잠시만 기다려주세요. 눈물샘 버튼이 고장이 난 데는 영화 속 앙뚜의 상황이 너무나 공감되었기 때문이었다.

앙뚜는 까맣고 맑은 눈동자를 가진 소년이었다. 전생의 고승이 인간으로 환생했다 여겨지는 '린포체'로 마을에서 추앙을 받았지만 시간이 지나도 아무도 린포체인 앙뚜를 데리러 오지 않자 사람들은 앙뚜의 존재를 의심하기 시작했다. 결국 사원에서 쫓겨나고 마는 앙뚜. 상심한 앙뚜가 말한다.

"가끔은 나 스스로가 아무것도 아닌 것 같이 느껴져."

가엾은 앙뚜. 그의 기다림은 언제쯤 끝이 날까. 기다림이 끝나긴 하려나? 하염없이 기다리던 앙뚜는 결국 직접 길을 찾아 나서기로 한다. 그리고 그의 곁에는 스승이자 집사이자 보모인 늙은 승려 우르걘이 있다.

"스승님과 함께하지 않았더라면, 저는 여기까지 오지 못했을 거예요."

"린포체 님을 돕는 것이 저의 삶이랍니다."

우르간이 없었다면 앙뚜는 막막함과 외로움을 감내하지 못했을 것이다. 그 시절의 나는 앙뚜였고, 내 곁에는 우르간들이 있었다. 때로는 내가 우르간이 되어 내 옆의 앙뚜를 지켜주었다. 슬픔과 기다림의 시간을 지나며 알게 되었다. 내 옆의 앙뚜를, 내 옆의 우르간을. 함께였기에 그 시간을 지날 수 있었던 우리의 힘을.

혼자가
아니야

~~~~~~~~~~~

어느 4월의 퇴근길이었다. 지하 3층 주차장 철문을 여는
데, 누군가 반가운 목소리로 인사를 건네왔다.

"안녕하세요."

익숙한 얼굴을 발견하고 나도 반갑게 인사했다. 회사
에서 오며 가며 종종 마주치던 앳된 얼굴의 여성이었다.
가끔 내게 녹즙 시음료를 건네주기도 했던. 그날도 초록색
조끼를 입고 있었다.

"아나운서님, 저 오늘 마지막 근무 날이에요. 그리고,
진짜 팬이에요. 저 평소에 넥타이 매고 다니는데 방송에서
보고 너무 반가워서 소리 질렀거든요. 진작 말씀드리고 싶

었는데 오늘 만나서 너무 좋아요."

나는 정말이냐 놀라면서 아쉬운 마음을 전했다.

"진작 말하지 그랬어요. 그러면 더 친하게 말도 걸고 했을 텐데…"

마주칠 때 특별한 감정을 드러내지 않았기에 가볍게 목례만 하고 지나갔던 게 왠지 미안했다. 하긴, 나도 평소에 좋아하던 방송인을 회사 엘리베이터에서 마주쳐도 상대가 불편해할까 절대 내색하지 않았으니까. 앞으로의 날들을 응원하겠다 말하며 두 팔 크게 벌려 가벼운 포옹을 나누었다.

나에게는 오랫동안 간직해온 위시리스트가 하나 있었는데, 바로 북토크를 여는 것이었다. 힘든 시기를 버텨낼 수 있었던 데는 책의 힘이 컸기에, 여럿이 함께 좋아하는 책에 관한 이야기를 나누어본다면 얼마나 행복할까 싶었다. 하지만 카페를 하는 것도 아니고, 책을 쓴 것도 아니고, 혼자 준비하기 어렵지 않을까 싶어 마음속에만 담고 있었다. 그러다 어느 날은 생각이 바뀌었다. 거창하게 할 필요

있나 싶은 거다. 친구들과 소모임 하듯 대여섯 명 도란도란 둘러 앉아 이야기를 나눈다 생각하니 지금 당장이라도 가능하겠다 싶었다.

첫 번째 북토크는 자주 가는 카페에 긴 테이블 하나를 예약하는 것에서 시작되었다. SNS에 공지를 올리고 참여자를 모집했다. 몇 명이나 신청할까 싶었는데 순식간에 수십 통의 이메일이 쌓였다. 열 명의 사람들이 그렇게 한 자리에 모이게 되었다. 어떻게 오늘 이 자리에 오게 되었느냐고 한 분 한 분에게 물었다. 7년 전부터 좋아했다 말해주는 '찐팬'의 등장부터 최근에 관심을 갖게 되었다는 '병아리팬', 꼭 한번 만나고 싶었다는 아나운서 지망생까지 다양했다. 아나운서는 공연이나 사인회를 열 일이 없다 보니 이런 만남을 가질 기회가 흔치 않아 낯설면서도 설레는 경험이었다.

한 번 해보고 나니 두 번째 북토크는 요령이 생겨 카페를 대관했고 이번에는 스무 명 넘는 인원을 모집했다. 첫 북토크에서 인연을 맺은 분들이 행사를 도와주었고 역시나 북토크를 통해 인연을 맺은 카페 사장님이 특별한 스티

224

커까지 부착한 멋진 음료를 준비해주었다. 시작은 혼자였지만, 어느덧 곁에 함께해주는 사람들이 자리하고 있었다. 북토크에 모인 사람들은 직업도 연령대도 다양했다. 퇴근 후 곧장 정장 차림을 하고 온 직장인부터 선생님, 대학생, 최연소 참가자로 중학교 1학년 학생까지 함께였다. 이 조합이 어울릴 수 있을까 생각했던 건 기우였다. 책은 만남의 계기가 되었을 뿐, 서로의 고민과 꿈에 대한 이야기를 쉼 없이 나누었다. 조용히 응원의 메시지를 보내주던 사람들의 얼굴을 실제로 마주하고 있자니 우리는 정말 서로에게 힘을 주는 존재라는 실감이 들었다. 이곳에서 함께 이야기를 나누는 것만으로도 고마운데 마음을 담은 편지, 소중한 소장품까지 건네받자 어쩔 줄을 모르겠는 기분이 들었다.

그리고 시선을 사로잡는 핑크 케이크가 등장했다! 발그레한 얼굴로 케이크를 건네는데 생전 이런 것을 준비해본 적 없다는 듯 쑥스러움과 떨림이 고스란히 전해졌다. 나도 함께 몸 둘 바를 몰라 어떻게 이렇게 예쁜 케이크를 준비했냐고 물었다. 직접 주문해 조금 전 합정에서 픽업해

온 케이크라 했다. 배송기사로 일하고 있는데 내가 진행하던 라디오를 매일 새벽 들었다며 웃는다. 발그레하던 볼이 더 발그레해졌다. 우리는 라디오를 통해 만난 사이였다. 각자의 일터에서 목소리를 전하고 듣기만 하던 무한의 거리가 가까이 좁혀지는 순간이었다. 서로의 인연을 선명하게 확인할 때면 가슴속에 감동이 진동한다.

팬이라 말하는 사람을 만나면 나는 여전히 촌스러워진다. 좋아한다 말해주는 사람을 만나는 건 행복하고 즐거운 일이지만 왠지 쑥쓰러워져 호들갑을 떤다. 그리고 나를 위해 준비했다는 무언가를 건네받으면 미안함에 울고 싶어진다. 나는 무엇을 해드려야 할지 몰라서 말이다. 그러다 사인을 해달라 요청을 해오면 이제는 쭈뼛함으로 바뀐다. 다른 일에는 빠릿빠릿 움직이는데 사인을 만드는 데는 세월아 네월아 창작 욕구가 솟아오르지 않는 탓이다. 근사한 사인을 가진 사람을 보면 감탄하고 부러워하고, 그게 끝이다. 처음엔 내 이름 탓을 해보았다. '임현주'라는 이름이 어떻게 해도 멋지게 휘갈겨지지가 않는 거다. 영문으로 바꾸어 갈겨봐도 영 멋스럽지가 않았다. 어설플 바에야 정직하게 누구라고 적는 게 낫지 않을까 싶어 이름을 조금 휘리릭 쓰는 게 지금까지 이어져 온 사인이었다.

그런데 언젠가 망원동 호프집에서 김하나 작가님이 이런 내 이야기를 듣고 멋진 아이디어를 주었다. 카피라이터답게 역시나였다. 시그니처가 될 수 있는 것을 사인에 넣는 게 좋겠다며 호프집 사각 휴지에 귀여운 안경 그림을 그려주었다.

"이거 정말 좋은 아이디어네요!" 감탄한 나는, 여전히 그 사인을 써먹지 않고 있다. 이 책이 완성된 후엔 꼭 사인을 만들었으면 좋겠다.

신입사원 시절 한 선배가 이런 말을 했었다. 나를 아는 천 명, 만 명의 사람이 있는 것보다 나를 좋아해주는 찐팬 열 명 있는 게 더 큰 성공이라고. 성공이라는 말이 여기서 적절한 표현인가 싶지만 무슨 뜻인지 이해는 된다. 어디 보자. 하나, 둘, 셋…. 마음을 전해준 사랑스러운 얼굴들이 떠오르는 걸 보니 어떡하지, 나 성공했나 보다.

너무나 반갑고 사랑스럽고 미안하고 부끄러워지는 존재 앞에서 얼마만큼의 거리가 좋은지 여전히 모르겠다. 그러니까 어디선가 저를 만나 인사를 건넸을 때 제가 호들갑을 떨어도, 사인을 잘 못해서 쭈뼛하더라도 이해해주어요. 그리고 정말 고마워요.

낯선 곳에서 만난
위로

~~~~~~~~~~~~~~~~~~~~

잠들지 못하고 깨어 있는 새벽이 지긋지긋했다. 불면증이라는 게 사람을 이렇게 괴롭게 만드는구나. 차라리 지쳐 잠들 수 있도록 밖에 나가 뛰고 싶었다. 그런데 이 새벽에 나가긴 어딜 나간단 말인가. 일어나 책이라도 볼까, 아니지. 내일 아침 뉴스를 위해서는 몇 시간이라도 자야 한다. 멜라토닌 한 알을 삼켰다. 30분 뒤에도 잠이 오지 않으면 수면제 반 알을 먹어야지. 내일은 잠들기 전에 지칠 때까지 걸을 것이다.

　다음 날 뉴스를 마치고 나오는데, 내일 아침 뉴스는 야

구중계로 결방이라는 공지를 들었다. 뉴스를 맡은 후 1년 반 동안 한 번의 결방도 없었으니 이렇게나 귀한 결방일 수가 없었다. 어디론가 떠나야지 싶었다. 퇴근길에 곧장 떠나면 목, 금, 토, 일. 나흘간의 휴가가 생기는 셈이었다.

얼마 전 친구가 남해에 다녀왔다는 게 생각나 물었다. 친구는 남해로 곧장 가도 좋지만 중간에 순천만을 들렀다 가는 것을 추천한다고 했다. 확인하니 한 시간 뒤 순천행 열차가 있었다. 집에 들러 청바지로 갈아입고 모자에 운동화에 작은 배낭 하나만 단출하게 챙겨 용산역으로 향했다. 그런데 목요일 이 시간에 무슨 일인가 싶게 창구에 줄이 길었다. 출발 시간이 채 10분도 남지 않았을 때 드디어 내 차례가 되었다.

"순천으로 가는 표 한 장이요."

"음, KTX표는 다 매진되었네요. 입석도 다 나갔고요."

어쩔 수 없이 무궁화호를 타야 하나 하는데 "잠깐만요. 방금 전에 누가 표를 취소했네요."

마지막 티켓을 구했다는 기쁨이 배로 다가왔다. 열차에 타서 자리를 잡고 남해 숙소를 검색하기 시작했다. 어느 가을날, 이렇게 계획 없는 여행은 난생처음이었다.

순천만 갈대밭을 따라 걸으며 여기 오길 너무 잘했다
고 계속 되뇌었다. 감탄을 자아내며 흔들리는 억새풀은 하
늘로 높게 뻗어 있었고 바람 또한 시원하게 불어왔다. 어
딘가 뭉클한 기분이 들었다.

걷다 보니 애초 계획했던 것과 달리 정상까지 가보고
싶어졌다. 순천만에서 남해로 가는 버스는 하루에 몇 대밖
에 없었고, 이제 곧 버스 터미널로 돌아가야 막차를 탈 수
있을 것이었다. 무리한 선택이라는 걸 알면서도 계속 정상
으로 향했다. 전투적인 걸음으로 앞에 있던 등산객 무리들
을 하나 둘 제치고 지나가자 "워매, 우리보다 걸음이 빠른
아가씨가 있어야" 하는 소리들이 들렸다. 정상에서 바라
본 순천만은 이제껏 본 적 없는 아름다운 풍경이었다. 더
머물고 싶었지만 이제는 정말 돌아가야 했다. 빠른 걸음으
로 내려오는데 배고픔이 진동했다. 배낭에서 에너지바를
꺼내 먹는데 이걸로는 허기가 채워질 것 같지 않았다. 뜨
끈한 국물에 뜨신 밥이 그리웠다.

다행히 남해로 가는 막차를 출발 직전 탈 수 있었다. 친구가 알려준 게스트하우스로 가려면 남해터미널에서 또 한 번 버스를 타고 금산으로 가야 했다. 터미널 의자에 앉아 금산행 버스를 기다리는데 텔레비전에서 우리 회사 뉴스가 나오고 있었다. 그리고 익숙한 얼굴이 등장했다. 아나운서 선배였다. 선배 모습을 여기 낯선 터미널에서 보고 있자니 기분이 이상했다. 순천에서 탔던 버스에서도 다른 선배의 목소리가 흘러나왔다. 매일 생방송을 진행하면서도 이 방송이 전국으로 나간다는 게 도통 실감이 나지 않았는데 서울과 멀리 떨어진 곳에서 보고 들으니 이상하게도 다시 돌아갈 수 없는 곳처럼 아련하게 느껴졌다. TV 속 선배는 낯설어 보일 만큼 반짝반짝 빛나고 있었다.

금산으로 향하는 버스 안은 커다란 일몰에 반사되어 붉게 물들고 있었다. 나는 기사님 바로 뒷자리에 붙어 앉아 있었는데 혹시나 금산을 지나치지 않도록 도착하면 꼭 알려달라 기사님에게 미리 부탁을 해둔 터였다. 이곳에서 길을 잃거나 낯선 곳에 내리면 망연자실할 것 같았다. 쫑

굿 귀를 열고 있는데, 기다리던 한마디가 들렸다.

"여기에서 내리면 됩니다."

두 발이 땅에 닿자 기다렸다는 듯 버스는 휑 떠나버렸다. 어둑해지는 풍경 속에 있자니 내 마음도 휑해졌다.

'내리면 무슨 마트가 보인다고 했는데….'

"혹시 게스트 하우스 찾으세요?"

소리를 듣고 뒤를 돌아보니 파란 니트를 입은 청년이 해사하게 웃고 있었다. 아까 남해 버스 터미널에서 티켓을 살 때 내 뒤에 있었는데 '금산행'이라는 말을 듣고 혹시 같은 곳을 가는 건 아닐까 싶었다 한다. 주변이 어둑해져 가던 차에 든든한 지원군을 만난 듯 반가웠다. 목적지가 같은 것을 확인하고 함께 걷는데, 전화 통화에서 주인아저씨가 말했던 하얀 건물이 보였다.

주인아저씨가 친절하게 우리를 맞아주었다. 눈이 시곗바늘 네 시, 여덟 시 방향으로 살짝 쳐져 있고 웃을 때는 덧니가 살짝 보이는지라 오래 기억에 남을 인상이었다. 웰컴 커피를 마시며 두 남자와 두런두런 인사를 나누는데 게

스트하우스에 머무는 손님들이 속속 도착하기 시작했다. 등산복 차림을 한 여자, 오토바이를 타고 지나가다 들어온 두 남자, 안경을 쓴 남성, 그리고 아무와도 인사를 건네지 않고 방으로 곧장 들어가버린 여성까지. 아담한 게스트 하우스에 이렇게 다양한 사람이 모여 있다는 게 신기했다.

거실에 주인아저씨를 중심으로 나와 파란 니트를 입은 청년, 등산복 차림을 한 여인, 안경을 쓴 남자, 그리고 내가 둘러앉았다. 주인아저씨가 남해지도를 펼치고 추천 장소를 능숙하게 설명하다 불쑥 질문했다.

"그런데 저녁들은 먹었어?"

"아뇨."

"아직."

"못 먹었네요."

이 동네 가게들은 일찍 문을 닫으니 빨리 가서 저녁식사부터 해결하고 오라며 우리를 자리에서 일으켜 세우고는 추천 식당을 몇 개 알려주었다. 그 덕에 인사도 제대로 나누지 못한 네 사람이 나란히 걸어 식당으로 향했다. 네모난 식탁에 둘러앉아 뭘 시킬까 메뉴를 살피는데 다들 뜨끈한 국물이 당긴다는 데 동의했다. 찌개를 시키면서 소주 한 병을 추가했다. 주량이 약한 탓에 소주는 웬만해선 입에 대지 않지만 찬바람을 맞아서인지 여행 첫날의 긴장이 스르르 풀려서인지 거절하지 않고 한 모금을 시원하게 들이켰다. 소주가 맛있는 날이 있다니. 식사를 하며 우리는 그러자 약속한 것도 아닌데 서로에 대해 묻지 않았다. 이름은 무엇인지, 어디에 사는지, 무슨 일을 하는지 묻는 대신, 여기 찌개 맛이 어떻고, 앞으로 어디를 여행할 것인지에 대한 이야기만 나눌 뿐이었다. 혼자 떠나온 데는 무언가에 지친 것 아니겠는가. 말하지 않아도 그 마음만은 서로 느낄 수 있었다. 숙소로 돌아가는 길에 등산복을 입은 언니가 내게 자신의 이야기를 슬쩍 들려주었다. 결혼하고 나서 애 둘을 낳을 때까지 정신없이 살았는데 남편과 시부모님이 시간을 주어서 처음으로 자유시간을 갖게 되었다고 했다. 언니의 얼굴이 유난히 밝았던 데는 이유가 있었다. 언니는 내일도 온종일 걸을 예정이라고 했다.

다음 날 아침, 이렇게 푹 자고 일어난 게 얼마만인가

싶었다. 세수도 하지 않고 아침 공기를 쐬러 옥상으로 향
했다. 나보다 더 부지런한 사람이 옥상 벤치에 누워 시원
한 공기를 마시고 있었다. 등산복 대신 잠옷을 입은 언니
가 머리카락을 기다랗게 늘어뜨린 채 음악을 듣고 있었기
에, 언니의 고요함을 방해하고 싶지 않아 조용히 발길을
돌렸다. 주인아저씨가 알려준 대로 모닝 커피를 내리고 달
걀과 토스트로 간단히 아침을 만들었다. 오늘은 금산에 들
렀다가 두 번째 숙소에 체크인을 한 후 근처 맥주축제에
가볼 예정이었다. 부지런히 버스를 타고 다녀야 해서 일
찍 출발해야지 준비하는데 주인아저씨가 편하게 차를 타
고 가라며 '금산행 조'를 만들었다 알려주었다. 안경 쓴 남
자분이 차를 가져왔으니 나와 파란 니트 청년을 태워 함께
금산에 가라고 이야기를 해두었다는 것이다. 어떻게 그러
느냐 난감한 얼굴을 짓고 있자 정 그러면 금산 입구에 도
착해서 히치하이킹을 하는 것도 방법이라고 했다. 거리가
한참이라 걸어 올라가는 건 완전 '비추'라면서. '히…히치
하이킹…이요?'

"신세 좀 지겠습니다."

그렇게 안경 쓴 남자, 파란 니트 청년, 그리고 나. 셋이 함께 차를 타고 금산으로 향했다. 본래는 보리암까지만 함께 구경하기로 했지만, 보리암을 구경하고 나니 점심시간이 되었고, 그러면 점심식사까지만 같이하자 하며 다같이 다랭이 마을로 향했다. 멸치쌈밥을 맛있게 먹고 커피를 마시는데 오늘부터 시작되는 남해 맥주축제에 가보지 않겠느냐는 이야기가 나왔다. 서로에 대해 아는 게 거의 없는 느슨한 관계에서 오는 신뢰와 편안함으로 그렇게 저녁까지 하루의 여정을 함께했다. 뭉근한 위안으로 곁을 채운 우리 셋은, 이제는 정말 헤어질 시간이 되어 아낌없이 고마움을 나눈 뒤 각자 길을 떠났다.

　맥주축제에서 숙소로 돌아갈 때는 두 번째 게스트 하우스 사장님이 픽업을 와주었다. 차가 없으면 숙소까지 올 수단이 마땅치 않으니 미리 연락하면 픽업을 가겠다 손님들에게 일러둔 터였다. '남해는 다 이렇게 인심이 좋은 건가' 서글서글한 인상의 젊은 사장님이었는데, 살뜰하게 게스트 하우스를 꾸민 손길을 보면 센스가 보통이 아니라는 걸 알 수 있었다. 분명 여행을 많이 다녀봐서 여행자가 무엇을 원하는지 아는 듯했다. 차를 타고 가는 돌아가는 길에 사장님이 내게 물었다.

"혹시 아침 뉴스 진행하는 아나운서 아니신가요?"

분명 전국방송은 맞는데 낯선 남해에서 나를 알아본다는 게 너무 신기하게 느껴졌다. 매일 회사에서 열심히 일만 했지 정작 새로운 곳에서 새로운 사람들을 만날 기회가 이렇게 없었던 걸까 싶었다. 신기함과 궁금함을 참지못하고, 옷차림이 뉴스와 전혀 다른데 어떻게 알아봤느냐 촌스러운 질문을 던지고 말았다. 사장님은 남해에서는 하루가 새벽 일찍 시작된다며, 아침 뉴스를 거의 매일 본다고 답했다.

사장님은 숙소 손님 모두에게 뱅쇼 한잔씩을 만들어주었다. 여럿이 둘러앉은 자리에 섞여 다른 이들의 이야기를 들어보니 몇몇은 이곳에 묵는 게 처음이 아닌 듯했다. 언젠가 다시 남해에 오게 된다면 나도 다시 이곳에 머물겠다 다짐했다. 뱅쇼 한잔에 노곤함이 밀려와 먼저 방으로 돌아가 쉬려는데 사장님이 옥상에서 꼭 밤하늘을 보고 가라고 귀띔해주었다. 서울에서는 볼 수 없는, 엄청나게 많은 별이 있다면서.

정말이었다. 어린 시절 시골 할머니 댁에서 보던 별들이 밤하늘 가득 고스란히 다시, 여기에 있었다. '별이 사라진 게 아니라 보이지 않던 것이었어.' 오랜만에 보는 별이 신비하고 아름다워 고개를 젖혀 한참을 바라보았다. 별에서 소리가 들려오는 듯했다. 별이 들려주는 소리에 가만히 귀 기울이며 지난 하루를 떠올렸다. 순천만 갈대밭, 소주한잔, 금산 보리암과 맥주축제, 뱅쇼 한잔과 지금 밤하늘의 별까지. 불과 하루 전까지 불면증에 시달리며 상암동에서 일하고 있었다는 사실이 생경하게 느껴졌다.

다음 날 아침, 일찍 서울에 가려고 준비하는데 친절한 사장님은 또다시 터미널까지 데려다주겠다 했다. 숙소에 머무는 모든 손님들에게 해주는 각별한 배려이자 친절이었다. 빨리 가는 길이 있지만 남해에 한번 오기가 쉽지 않으니 아침 바다를 볼 수 있는 길로 안내하겠다며 바닷가 길을 달렸다.

세상에. 이렇게 빛이 나는 바다라니. 어제 밤하늘의 별들이 여기에 빠진 걸까. 반짝반짝하다는 말이 남해의 바다를 보고 만든 건 아닐까 생각했다.

　그로부터 5년 넘는 시간이 흘렀고, 나는 아직 다시 남해에 가지 못했다. 이 글을 모두 마치고 나면 남해로 떠날 것이다. 그때의 옥상은 잘 있을까, 밤하늘의 별이 또다시 선명하게 보였으면, 아침 바다는 여전히 빛나려나, 그때 그 사람들은 잘 지낼까. 버티던 나날 중에 뜻밖의 위로를 주었던 남해에서 하루를 다시 보낸다면 나는 반가움에 웃게 될까, 달라져버린 것들 앞에 울게 될까. 똑같은 인연, 똑같은 만남은 절대 일어나지 않는다는 걸 알기에, 그때만이 가능했던 것들이 있기에.

하
고
싶
어
서

6장

틀에 박힌 역할은
사양합니다

<hr>

어느 여름, 팔라우 바다를 마주하고 앉아 파도 소리를 들으며《지적자본론》을 읽고 있었다.

해가 가장 뜨거운 시간대였으니 파라솔 밖은 위험했다. 구름은 미동도 하지 않고 하늘에 그대로 박혀 있었다. 이곳에서는 구름이 흘러가는 속도가 열 배쯤 느린 듯했다. 이렇게 바다와 햇볕과 구름이 있는 곳에서 행복함을 느끼지 않는 게 더 이상한 일이겠지만 지금 느끼는 쾌감은 그 이상이었다. 새로운 아이디어를 얻었을 때 머릿속이 '반짝' 하는 감동에 빠져 있었다.

그즈음 어떻게 하면 단단하게 살아갈 수 있을까 하는

고민이 많았다. 캐스팅 여부에 따라 불안해지기 쉬운 방송국 환경 안에서 어떻게 흔들리지 않고 살아갈 수 있을까. 허무주의 비슷한 감정도 느끼고 있었다. 명성 있는 프로그램을 진행하며 많은 사랑을 받은 아나운서일지라도 막상 프로그램이 끝나면 서서히 자취를 감추곤 했다. 그 시절의 추억에 머물지 않고 계속해서 길을 만들어가는 사람에게는 어떤 차이가 있는 걸까. 이런 때, 책에서 찾은 답이 '브랜딩'이었다. 무언가의 영광에 기대거나 좌우되지 않기 위해 나 스스로가 브랜드가 되는 것이다.

'왜 고인 물처럼 머물러 있을 생각만 했을까?'

그동안 그런 생각의 전환을 할 계기를 찾지 못한 데는 프리랜서가 아닌 회사에 소속되어 있는 아나운서라는 이유도 있었다. 자유롭게 외부활동을 할 수 있는 게 아니니까, 회사 안에서 잘 성장하는 것이 최선이라고 생각한 것이다. 과거에는 그것만으로도 충분했다. 하지만 이제 미디어 환경이 변했고 우리의 역할도 변해야 했다. 아주 잘 나가는 아나운서가 아닌 바에야 대부분의 아나운서에게 주어지는 역할은 한정되어 있었고 10년, 20년을 방송해도

각자 가진 색깔과 재능이 100이라면 10도 채 보여주지 못
하는 경우가 허다했다. 게다가 냉정히 바라보면 방송국 안
에서 아나운서가 설 수 있는 무대 또한 점점 줄어들고 있
었다. 하지만 나는 더 자유롭고, 다양한 무대를 원했다. 더
이상 틀에 박힌 역할을 하고 싶지 않았다.

　　브랜딩에 대한 고민을 시작하자 카메라 렌즈를 '찍사'
모드에서 '셀카' 모드로 바꾼 듯 시선의 전환이 일어났다.
방송국이라는 안전한 성에서 기회가 찾아오기만을 바라
는 건 한마디로 재능낭비였다. '나는 이런 사람입니다, 이
런 생각을 하고, 이런 장점을 갖고 있고, 이런 캐릭터를 갖
고 있어요' 하는 것을 먼저 보여주고 제안해야 하는 시대
가 된 것이다. 조직의 안정성과 별개로 나만의 역량과 콘
텐츠를 키워나가야 뿌리 깊게 살아갈 수 있는 시대. 그러
기 위해선 무엇보다 하고 싶은 것이나 되고 싶은 것에 솔
직해져야 했다. 내게 그런 기회가 오겠어? 그걸 하고 싶다
고 할 수 있겠어? 사람들이 좋아해줄까? 지레짐작하고 포
기하는 게 아니라, '내가 아는 나는 이런 장점을 가진 사람

인데 어떻게 보여줄 수 있을까?' 고민하며 능동적으로 무대를 만들어야 하는 것이다. 자, 이제부터 나는 나라는 브랜드를 만드는 기획자이자 마케터가 되는 것이다. 지금 당장 방법을 알지 못해도 고민하는 자는 분명 무언가를 발견하게 되지 않겠나.

그로부터 조금 시간이 지난 뒤, 유튜브를 시작하게 되었다. 지금은 너 나 할 것 없이 유튜브에 뛰어드는 게 당연해졌지만 그때만 해도 프리랜서가 아닌 지상파 방송국에 속한 아나운서가 개인 유튜브 채널을 운영하는 게 가능한지 아닌지부터 확신할 수 없었다. 개인 채널을 운영하는데 회사 허락을 구하기까지 걸림돌이 많아 보였지만 그래도 제안은 해볼 수 있지 않나 싶었다. 까이면 까이는 것이고.

유튜브를 떠올리게 된 데는 핑크색 머리에 꽂힌 것이 계기였다. 방송에서 분홍머리를 하는 건 힘들지만 개인 채널을 갖게 되면 가능하지 않겠나 싶었던 것이다. 그러니 허락을 맡게 된다면 핑크색 머리부터 시작해서, 그동안 방송에서 보여주지 못한 다양한 개성과 바람을 모두 실현해

보고자 했다. 제작자가 되어 하나부터 열까지 모든 과정을 직접 경험해보는 것도 앞으로 방송활동에 많은 도움이 될 것 같았다. 그리고 며칠 뒤, 친구와 부산으로 여행을 가던 길이었다.

"조만간 개인 유튜브를 해볼까 하는데, 내가 떡볶이 좋아하잖아. 신나게 떡볶이 먹는 것도 찍고. 너는 ASMR 자주 들으니까 혹시 그런 데 관심이 있을까 해서."

많은 이야기를 나누던 친구였기에 슬쩍 제안해보았다. 바쁜 일정을 보내는 친구가 여유가 될까 싶었는데 같이 해보겠다 의욕적으로 답하는 것 아닌가. 익숙한 루틴을 반복하는 삶에 무료함을 느끼고 있었다 했다. 전문적으로 카메라를 들고 촬영해본 적은 물론 없었지만 노하우야 차차 익히면 될 것이다. 촬영은 고장 난 카메라를 고쳐 쓰는 것으로 했다. 카메라 화질 좋아 봐야 모공만 크게 보이지 뭐. 앞으로 어찌 될지 알지도 못하면서 우리 이러다 성공하는 것 아니냐고 설레발을 떨며 즐거워했다.

이제 무엇을 찍을지 정할 차례였다. 일찍이 MCN 업

계에 진출해 큰손이 된 지인이 있었다. 유튜브의 '이응'도 몰랐기에 우선 고수에게 조언을 구해보기로 했다. 생각해 둔 이런저런 아이템을 던져보며 큰손의 반응을 살피는데, 잠자코 듣고 있던 그가 입을 열었다. 본인이 보기에 아직 블루오션인 아이템이 있다며 그런데 "이걸 하긴 쉽지 않긴 할 거야, 아직 제대로 하는 사람이 없거든" 하는 말을 덧붙였다.

"그래서 그게 뭔데?" 콩고물을 받아먹을 준비를 하고 기대하며 쫑긋 귀를 기울였다. 큰손 입에서 '낚시'라는 말이 흘러나왔다. 나… 낚시? 하긴 요새 낚시 콘텐츠가 유행이긴 하지. 그런데 낚시라는 걸 태어나서 한 번도 해본 적도, 관심을 가져본 적도, 해보고 싶다 생각한 적도 없는데, "그게 가능할 거라고 생각해?"

집에 돌아와 곰곰이 따져보는데 생각할수록 낚시 콘텐츠가 괜찮겠다 싶었다. 낚시를 배워가는 성장과정에 드라마적인 서사가 있을 듯했고, 무엇보다 정적으로 앉아 있는 스튜디오에서 벗어나 활발한 몸짓을 360도로 보여줄 수 있을 거라는 점이 매력적으로 다가왔다. 좋아, 낚시다!

떡밥을 던지면 물고기가 올라오는 게 낚시인 줄 알고, 그 과정이 얼마나 험난하고도 힘든 길일 줄 모르고 덥석 물어버렸다. 정말 몰라서 용감했다.

촬영 장소는 어디가 좋을까. 아이유가 뮤직비디오를 찍었다는 홍대 인디 감성 충만한 카페의 주인장을 알고 있었다. 아이유의 기를 한줄기라도 받아볼 수 있지 않을까 기대하며 홍대 카페로 향했다. 지하 1층에 공연장 겸 연습장이 있었고 여기에서 첫 촬영을 하면 너무 좋겠다 하는데. 마음 넓은 주인장이 초보 유튜버의 열정을 응원하며 흔쾌히 공간을 빌려주겠다 했다.

그리고, 기다리던 택배도 도착했다. 해외에서 오느라 무려 3주가 걸린 분홍가발이었다. 분홍머리가 하고 싶어 개인 채널을 생각했으니 당연히 필요한 소품 아니겠는가. 여러 사이트를 서핑하며 최종적으로 고른 통가발이었다. 그런데 인터넷 이미지로 볼 때는 이렇게 뻣뻣해 보이지 않았는데 이게 빗자루야 가발이야. 그래도 색깔만큼은 설레게 예뻤다. 분홍가발을 써보는데 거울 속의 낯선 내 모습을 보니 왜 이리 신날까. 분홍가발은 남이 뭐라고 하건 피해 주는 일만 아니라면 눈치 보지 않고 하고 싶은 것 다 해 보겠다 하는 정신의 표현이었다.

이제 회사의 허락만 구하면 되었다. 해도 될지 안 될지 판단이 되지 않을 땐 마법 같은 질문이 있지 않은가. '하면 안 되는 이유가 있는 걸까?' 책을 출간하는 건 창작의 자유로 허용되어 있으니 유튜브도 시대 변화에 따른 새로운 창작의 영역으로 보면 되지 않을까. 아나운서에 대한 관심과 주목도가 이전 같지 않은 시대에 각자 브랜드 파워를 키우는 게 회사 입장에서도 좋을 것이고. 외부수익이 문제라면 회사의 결정에 따르기로 했다. 내게는 수익보다 무대 자체를 확장하는 것이 우선이니까. 나름의 근거를 정리한 후 다음 날 아나운서국 국장님을 찾아갔다.

"오케이! 잘할 거라 믿어."

생각보다 너무 흔쾌히 국장님의 오케이 사인이 떨어졌다. 국장님이 창작 활동에 열린 마음을 갖고 있다는 걸 알고 있었지만 막상 허락을 받게 되니 너무나도 기뻤다. 곧이어 회사에서 유튜브 활동에 대한 가이드라인이 생겼다. 회사에 외부활동으로 신고하고 활동하면 가능하다는 것이다.

채널 이름은 뭘로 할까. 별명을 떠올려보는데 초등학교 시절 이름에서 한 글자씩을 따서 붙여졌던 '주전자' 수준을 벗어나지 못했으니 쓸 만한 게 없었다. 최근에 사람들이 나를 어떻게 부르던가 떠올려보는데 '주디 아니면 임아나….' 임아나 괜찮겠는데! 발음하기도 기억하기도 쉬운 이름이었다. 그렇게 '임아나채널'이 탄생했다. 첫 '브랜딩'이 시작된 순간이었다.

분홍가발 쓰고,
크리에이터가 되다

~~~~~~~~~~

무언가에 하나 꽂히면 번갯불처럼 빠른 실행력이 나온다.
다음 날 곧장 홍대 카페로 가서 티저 영상을 찍었고, 그다
음 날에는 인스타그램에 채널 오픈 공지를 올렸다.

'일주일 뒤에 임아나채널을 오픈합니다.'

자, 이제 일주일 동안 열심히 첫 편집을 해내면 되겠
군. 물론 편집에 대해 아무것도 몰랐다. 편집을 해본 적 없
으면서 뭐 이리 자신감 넘칠까. 믿는 구석은 정하고 나면
어떻게든 해내려고 노력하는 내 책임감에 있었다. 기한
을 대외적으로 박아두었으니 어쩔 것이냐, 해내야지. 제작
의 모든 과정을 경험하겠다는 포부 때문이기도 했지만 비

용 절감 차원에서도 편집을 배워야만 했다. 앞으로 일주일에 영상 두 개씩 올릴 예정인데 그걸 다 맡기면 비용이 얼마야. 이번에도 몰라서 용감했다. 그렇게 고되고도 행복한 가내수공업이 시작되었다.

휴대폰 어플에도 편집 프로그램이 있지만 전문 편집 프로그램은 때깔부터 다르다고 해서 회사 노트북에 편집 프로그램을 깔았다. 영상 편집 책을 읽고, 관련 유튜브 영상을 여러 개 찾아보며 이틀 정도 낑낑대며 독학을 해보는데, 이걸 어느 세월에 익히나 싶었다. 그럼에도 해내야만 한다는 집념으로 회식을 가서도 구석에서 노트북을 끌어안고 한 컷 한 컷 편집에 매진했다. 나중에는 5분이면 하게 된 커트 편집이 처음에는 두 시간이나 걸렸으니 밥 먹을 시간도 없었다. 선배가 나를 보고 어디 공부만 하느라 얼굴이 누렇게 뜬 수험생 같다며 잠 좀 자고 밥 좀 먹으라는 걱정 어린 말을 건넸다.

드디어 임아나채널 오픈 날. 분홍가발을 쓰고 기타를 맨 채 등장하자 사람들은 예상치 못한 파격적인 모습이라며 놀라워했다. '뉴스에서 단아한 모습을 보고 팬이 되었는데 깹니다, 슬픕니다, 실망입니다' 하는 반응도 있었다. 그리고 눈에 띄는 또 다른 댓글. '분홍가발이라니, 국장님도 알고 계신가요?' 당연히 모르시죠. 동료들의 반응도 엇갈렸다. 새로운 도전에 같이 가슴이 뛴다, 실행력을 엄지척 지지하는 동료들이 있었고, 반면 왜 튀는 행동을 하느냐, 분홍가발이 아나운서 이미지에 어울리지 않는다 탐탁지 않아 하는 시선도 있었다. 이럴 때는 어떻게 해야 할까. 한번 나 자신이 아티스트라고 생각하고 매니저의 입장에서 아티스트의 입장을 정리해보기로 했다. 단지 기대치에서 벗어나고 익숙하지 않은 모습에 대한 반응이라면, 이번을 계기로 익숙해지면 되는 것이지. 나는 계속해서 아티스트의 취향을 존중하기로 했다.

홍보도 중요하지 않겠나. 분홍가발을 쓴 모습을 스티커로 만들어 사람들에게 명함 돌리듯 나누어주었다. 지금 생각하면 받는 입장에서 참 곤란했겠다 싶다. 사람 얼굴이 그려져 있으니 이걸 그냥 버리기도 뭐하고 어디 붙이고 다니기도 부끄러웠을 텐데. 몇몇 동료들은 고맙게도 스티커를 분장실과 아나운서국 곳곳에 붙여주며 적극 홍보요정이 되어주었다.

　이제 본격 낚시 체험이다! 그런데 어디서부터 시작해야 할까, 체계적으로 준비하고 뛰어든 게 아니라 일단 저질러 놓고 배워가는 중이었다. 가장 먼저 장비를 떠올렸다. 요리를 배우려 해도 칼이 있고 도마가 있어야 하는 것처럼 낚시도 장비부터 구해야 하지 않겠나 싶었던 것이다. 집 근처 가까운 낚시 가게를 검색해 느낌이 오는 곳으로 차를 몰고 갔다. 사장님은 '어디까지 알아보고 오셨어요' 하는 반가운 눈빛으로 우리를 맞이했다. 그런데 대화를 할수록 이 사람들, 진짜 아무것도 모르고 왔구나 싶은 것이다. 네, 제가 그 사장님이 판매를 포기했다는 손님입니다…. 사장님은 결국 낚시 장비 파는 것을 포기하셨다. 이렇게까지 모르면 아직 장비는 사치라는 것이다. 낚시 종류가 많으니 공략할 분야를 정해서 다시 오라고 하셨다.
　그럼 이번에는 어디를 가볼까. 바다에서 수영을 하려 해도 우선 실내 풀장에서 훈련하는 것 아니겠나 싶었다.

좋아, 그렇다면 실내낚시부터 마스터해보자 하고 홍대에 있는 실내낚시터로 향했다. 직원은 고기를 잡으면 저기 보이는 전광판에 점수를 띄워준다고 설명했다. 그러면서 닉네임이 필요하니 원하는 이름을 적으라며 흰 종이를 내미는데, 뭐라고 쓰지.

"핑크피쉬…? 핑크피쉬요!!!"

분홍머리 하고 물고기 잡는 모습에 딱 어울리는 닉네임 아닌가. 그렇게 나의 첫 부캐, '핑크피쉬'가 탄생했다.

자리를 잡고 낚시를 시작해보는데 물고기들이 어찌 된 일인지 내 떡밥만 가뿐히 무시하고 지나가는 것이다. '어디 애송이가 와서 낚시를 해' 하고. 그러다 드디어 낚았는데!!! 으아아아아아아!!! 이 기분을 뭐라 해야 할까. 앞에서 팔딱거리는 고기를 보니 가슴이 마구 쿵쾅거리면서, 왠지 마음 아프기도 하고, 심장이 벌렁벌렁하는 것이다.

'앞으로 낚시를 좋아할 수 있을까…?'

얼마 지나지 않아 낚시인을 소개받았다. 함께 프로그램을 진행하던 PD 선배의 동생이 주말이면 전국 곳곳을 다니는 낚시꾼이라는 것이다. 덕분에 돔을 낚는 남자 '포세이돔'과의 만남이 성사되어 낚시의 기초를 배웠고, 월드컵경기장 공터에 가서 낚시 캐스팅 하는 법을 단련했다. 이후 함께 배스를 낚으러 저수지로 향했는데, 수백 번 캐스팅을 해도 배스가 어떻게 생겼는지 구경조차 하지 못하고 돌아와야 했다. 이후에도 꽝손의 나날이었다. 갈치 잡으러 간 목포 배낚시에서도, 동해안 대방어 낚시에서도 넘치는 열정과 달리 낚지 못하는 눈물겨운 도전이 이어졌다. 그럼에도 포기하지 않고 주말이면 낚시를 하러 다시 떠났다. 지금 생각해도 대단한 열정이었다.

못 낚으면 어떤가, 평화로운 배 위에서 분홍가발을 쓰고 주황장화를 신은 채 새우깡을 먹던 핑크피쉬는 행복했는걸. 갈치를 잡으러 가던 열차에서 설렜고, 인생에 다시없을 심한 배멀미를 겪은 후에 동료들과 함께한 저녁은 또 얼마나 즐거웠나. 그거면 되는 것이지. 이후 핑크피쉬의 도전은 잠시 휴식기를 갖고 있다. 못 잡아서가 아니다. 정말이다…. 좋아하는 것의 우선순위가 바뀌어서 잠시 다른

곳에 열정을 쏟아붓는 중이지만, 글쎄 언젠가 미국 배스낚
시대회에 출전하게 될지도 모르는 일 아닌가. 꿈은 일단
크게 가져보는 것이지.

예능 연구 좀
하고 올게요

~~~~~~~~~~~~~~~~~~~~

엄마가 어릴 때부터 자주 들려주던 이야기가 하나 있다. 내가 세 살 무렵쯤이었던가, 동네에 용한 할머니 한 분이 계셨는데 나를 보더니 갑자기 이런 예언을 하셨다고 한다. "이 아이는 앞으로 커서 예능의 한 고를 올릴 것이오."

서울에 있는 대학에 입학했을 때 시골 사거리에 플래카드가 걸렸으니 내가 TV에 나오는 것은 우리 동네의 큰 사건이지 않겠나. 그리 보면 할머니의 예언이 맞았다고 봐도 되지 않을까 싶다. 여하튼 30년도 더 된 이야기니까 그 예능이라는 것이 지금의 예능 프로그램이라기보다는 대중문화에 가까운 것이 아니었을까 한다. 할머니의 예언이 인상 깊었던 것일까. 엄마는 그래서인지 내가 어느 날 갑자기 아나운서가 되겠다고 선언했을 때 조금의 이의제기도 하지 않았다. 그 예언이 현실이 되는 건 아닐지 내심 기대했던 것도 같다.

할머니의 예언처럼 예능 방면에 종사하게 된 나는 방송국에 드나든 지 10년차가 지나면서 말 그대로 예능 프로그램 출연에 관심을 갖게 되었다. 아나운서를 처음 꿈꿀 때는 뉴스 앵커가 되고 싶었고, 이후에는 라디오 DJ가 되고 싶었고, 그다음에는 시사교양 프로그램이 좋아졌는데, 올해는 예능 프로그램에 눈을 뜬 것이다. 가두리 양식장에서 벗어나 더 날것의 바다로 나가보고 싶은 마음이랄까. 제대로 경험해보지 못한 영역에 대한 호기심과 자유로운 티키타카가 있는 무대에 대한 동경 같은 것일 수도 있겠다.

그렇다고 갑자기 아무 계기도 없이 예능국에서 섭외가 올 리 없지 않은가. 그런데 왠지 올해 섭외가 오지 않을까 하는 예감 같은 것이 있었다. 신기하게도 내 이런 예감은 잘 들어맞는 편인데, 모르는 전화번호가 떴을 때 이 전화 심상치 않다 싶으면 정말 무슨 일인가 벌어지곤 했다.

그리고 2월에 정말로 섭외 연락이 왔다. 파일럿을 거쳐 정규 방송을 준비 중인 노래 경연 프로그램이었다. 정규 방송으로 편성되면서 이번에 새롭게 코너를 만들려 하는데 내가 맡아주었으면 한다는 것이다. 방방 신나면서 어떻게 나를 떠올리게 된 걸까 궁금해졌다. 유튜브를 본 걸까 아니면 누가 추천해준 것일까.

미팅 날이 되었다. 예능국 회의실은 지나가며 보기만 했지 들어가본 건 처음이라 면접을 보러온 듯 살짝 긴장마저 되었다. 메인PD 선배와 PD님, 메인작가님 세 분과 첫 인사를 나눈 후 궁금했던 섭외 스토리를 들을 수 있었다. 코너를 기획하던 중 메인작가님이 먼저 나를 떠올리고 제안했다고 한다.

"진짜요? 작가님 저를 어떻게 아셨어요?"

"제가 매일 아침 〈생방송 오늘아침〉을 봐요. 볼 때마다 '저 아나운서 특이하다'고 생각했어요. 자유로움이 느껴진달까. 의상도 흔한 아나운서 스타일이 아니라서 저 옷은 코디 옷일까 개인 옷일까 궁금하기도 했고요."

세상에, 아침 교양 프로그램을 보고 예능 섭외가 왔을 줄이야. 예능 작가님들은 늦게 잠들고 늦게 일어날 거라 생각했는데 그것도 편견이었나 보다. 작가님의 제안에 PD들도 흔쾌히 동의했다고 한다. 메인PD 선배는 내게서 아나운서와 프리랜서 사이의 자유로움이 느껴져 예능을 할 수 있는 사람이라 생각한다 말했고, 또 다른 PD님은 이전에 출연했던 프로그램 제작진들이 좋은 이야기를 해주어 입소문으로 알고 있었다 했다. 이렇게 다 같이 의견이 통하는 게 쉽지 않다는 말에 감사했고 생각지 못한 순간들이 계기가 되었다는 사실에 놀라웠다. 그러면서 떠오르는 장면이 있었다. 신입 아나운서 시절, 프리랜서로 성공한 한 선배의 강연을 듣던 날이었다.

"아무도 안 볼 것 같은 방송에서도 최선을 다해야 해요. 방송이 시청자를 위한 것도 있지만 실은 어디에선가 나를 우연히 보게 될 제작진을 위한 것이기도 합니다. 인상 깊게 보고 다른 캐스팅으로 연결될 수 있거든요. 제가 그러면서 주목을 받았고요."

그런데 노래 경연 프로그램에서 어떤 역할을 할 수 있을까 걱정이 되었다. 선배가 혹시 노래를 잘하느냐고 물었다. 질문을 듣고 이 캐스팅, 취소될 수도 있겠다 생각했다. 어릴 때는 분명 노래방에서 마이크를 놓지 않는 '끼돌이'였고 고등학교 때도 교내 합창단 소프라노 파트를 맡았으며, 게다가 대학교 때는 노래 동아리로 공연까지 했는데 왠지 모르게 이후로는 절대 노래를 부르지 않게 되었다. 사회초년생 시절 노래방 회식의 트라우마 때문이었을까. 노래방에 앉아 있는 것까지는 그래, 참을 수 있다지만 노래를 시키는 것만은 절대 사절이었다.

"제가 노래는 정말 자신이 없어서요. 차라리 못하는 건 자신 있는데 말이죠."

푸념하듯 말하고 말았는데 "어쩜, 딱 우리가 찾던 사람이네요" 하는 뜻밖의 대답을 들었다.

"…네?"

그러니까 경연 중간 잠시 쉬어가는 타이밍에 등장해 허밍으로 노래하며 힌트를 주는 역할이라 했다. 허밍으로 무슨 노래인지 맞추는 팀에게 힌트를 주는 것이니 박자감이 어설플수록 좋은 것 아니겠나. 〈복면가왕〉을 즐겨 보는 엄마가 딸이 노래 프로그램에 출연하면 좋겠다고 말했을 때 그런 일은 있을 수 없다고 단호박을 그었는데 정반대의 재능으로 예능에 출연하게 되다니 오래 살고 볼 일이다.

그리고 첫 녹화 날, 빨간 수트를 차려 입고 차례가 오기를 기다리고 있었다. 대기실에서만 다섯 시간가량이 지나 있었다. 방송에서 단 몇 분의 출연을 위해 종일 준비하고 눈에 띄기 위해 노력하는 새싹 예능인들의 마음이란 이런 것일까 조금이나마 알 것 같았다. 레전드 가수들과 쟁쟁한 출연자들이 가득한 스튜디오의 녹화 장면을 TV를 통해 실시간으로 지켜보면서 조금 후에 저 사이에 들어가 허밍을 해야 한다니 어쩌자고 내가 여기 있는 걸까 싶었다. 그런데 막상 무대에 오르니 긴장감이 사라지고 기분 좋은 텐션으로 싹 바뀌는 게 아닌가. 그날 현장에서 지켜본 스태프들은 오며 가며 마주칠 때마다 너무 재미있었다며 한동안 칭찬을 아끼지 않았다.

그런데, 다음 녹화 분량은 모두 통편집되고 말았다. 내가 출연하는 방송을 기다리고 있던 사람들에게 '통편집이 되어서 말이야' 하고 말을 하기 멋쩍긴 했지만 그래도 상처가 되지는 않았다. 방송이 되기 전에 왜 코너가 편집될 예정인지 제작진이 직접 만나 설명해주었기 때문이다. 현장 분위기는 좋았지만 막상 편집을 해보니 전체 흐름에서 코너가 다소 생뚱맞아 보이면서 잘 녹아들지 않았다고 했다. 예능에서 통편집이야 언제든 일어날 수 있는 일이고 만나서 설명하기 껄끄러울 수 있는 일이니 간단히 전화로 설명할 수도 있었을 텐데, 직접 설명해주는 선배에게 고마운 마음마저 들었다. 외려 이런 배려가 고맙게 느껴진다는 사실이 속상하다면 속상하달까. 프로그램 진행자임에도 하차 사실을 당사자가 가장 나중에 알게 되는 일은 방송국에서 비일비재했다. 여하튼 야심차게 코너에 이름까지 내걸고 보조 진행자로 출발한 첫 고정 예능은, 1회 출연으로 그렇게 반짝 마무리되었다.

스치듯 지나간 추억이 되었지만 잊지 못할 한마디가 있다. 두 번째 코너 녹화를 마치고 무대에서 내려가던 중, 박미선 선배님이 나를 향해 건넨 "아나운서 중에 제일 웃긴 것 같아" 하는 말이었다. 웃기다는 말이 이렇게 설렐 일이었나. 현장에서 지켜본 박미선 선배님은 정말 프로도 그런 프로가 없었다. 재치 하며 배려심 하며, 그렇게 좋아하던 선배님이 건네준 칭찬은 비록 통편집은 되었을지언정 계속 도전해봐도 좋다는 계시처럼 느껴졌다. 아마 선배님은 기억하지 못할 수도 있지만.

이후에도 반가운 섭외 전화들이 이어졌다. 혹시나 하고 촉이 와서 목소리를 가다듬고 받으면 역시나였다. 올해 소원 리스트 중에 하나였던 〈라디오스타〉에 출연했고, 출연까지는 이어지지 않았지만 〈비디오스타〉에서도 섭외연락이 왔었다. 〈놀면 뭐하니?〉에 〈우리말 나들이〉 PD로 출연해 싹쓰리를 만나기도 했으나 이번에도 역시 통편집되고 말았다. 한 해를 결산하고 나니 예능의 세계는 정말 녹록하지 않구나 싶다. 예능에서 살아남는 법, 잠시 연구 좀 하고 올게요.

듣는 사람에서
말하는 사람으로

~~~~~~~~~~~~~~~~

아나운서는 필연적으로 내 이야기를 하기보다 상대에게 질문을 던져 끌어내고 듣고 전하는 사람이다. 나는 그 역할 또한 무척 사랑한다. 하지만 누군가 나에게 질문을 던지기 시작하자 짝사랑을 끝낸 듯 또 다른 세상이 열렸다. 글을 쓰고 콘텐츠를 제작하고 강연을 하면서 듣는 사람에서 말하는 사람이 된 것이다. 설 수 있는 무대가 확장되며 오른손에는 질문하는 마이크가, 왼손에는 답을 하는 마이크가 쥐어졌다. 조금 호들갑을 떨자면 감격이라고 해도 될 만큼 이 변화는 내게 특별한 의미로 다가왔다.

아나운서로서 언제까지 일할 수 있을까 하는 불안함

도 많은 부분 사라졌다. 나의 콘텐츠, 나의 이야기가 있다는 건 단단한 뿌리가 생기는 것이었다. 다만 말하는 사람이 된다는 건 그만큼의 책임감과 날카로운 감각을 잃지 않아야 할 의무 또한 갖게 되는 것이다. 그렇지 못했을 때 부끄러움은 나의 몫이 되는 거니까.

말하는 사람으로서의 무대를 말할 때 책과 영화를 빼놓을 수 없다. 그중 영화와의 인연은 올해 꼬리에 꼬리를 물고 이어졌다. 시작은 〈씨네 21〉 임수연 기자님이 '내 인생의 영화'를 주제로 원고 청탁을 했던 일이었다. 처음으로 영화에 대한 감상을 써본 것이었는데, 이를 계기로 앞으로 책이 아닌 영화에 대한 리뷰도 써봐야겠다 싶었다. 이후 영화 〈라라걸〉을 보고 SNS에 리뷰를 남겼다. 그런데 다양성 영화에 힘이 돼주어 고맙다며 영화 배급사에서 고맙다는 메시지가 오는 것이 아닌가. 그 인연을 계기로 영화 〈미스비헤이비어〉의 시사회에 초대받게 되었다.

얼마 뒤에는 영화 〈밤쉘〉 측에서 GV 게스트로 섭외 연락이 왔다. 2년 전 영화 〈콜레트〉에 게스트로 초대를 받은 뒤 오랜만의 무대였다. 이전에 한 번 GV 게스트를 경험했으니 이번에는 더 잘해내는 것이 목표였다. 찾아준 관객들을 향한 고마운 마음이 아쉬움으로 남지 않도록 기자님이 주신 질문지를 바탕으로 많은 고민을 거쳐 준비했다. 그렇게 〈밤쉘〉 GV를 무사히 끝내고 집으로 돌아가는데 이상하게 힘이 쭉 빠진 듯한 기분이 들었다. 관객들과 분명 즐겁게 인사까지 나누고 왔는데 이 헛헛함의 정체는 무엇일까. 수많은 관객 앞에서 일방향으로 이야기를 하고 온 탓일까. 최선을 다한 탓일까. 그보다 더 큰 요인은 내 안의 이야기를 쏭덩 가감 없이 쏟아낸 후 느껴지는 허탈함 같은 것이었다. 다음 번에는, 다다음 번에는 또 어떤 이야기를 할 것인가? 여러 번 만나게 될 관객들에게 매번 같은 이야기를 해줄 수 없지 않은가? 하는. 그때 서늘한 긴장감을 느꼈다. 나의 이야기를 하려면 끊임없이 채워야 한다는 것을.

이후 영화 〈세인트 주디〉와 〈69세〉에서는 게스트가 아닌 모더레이터가 되어 각각 김영미 PD님, 임선애 감독님과 이야기를 나누게 되었다. 질문하는 역할은 인터뷰나 사

회를 보며 워낙 많이 해봤지만 모더레이터는 그와는 또 다른 새로운 영역이었다. 방송국에서처럼 제작진과 작가가 기본적인 틀을 잡고 써서 주는 원고가 존재하는 게 아니었기에 스스로 완전히 새로운 질문지를 만들어야 했다. 질문지 안에 영화에 대한 이해, 관객에 대한 이해, 게스트에 대한 이해까지 담아내야 하는 것이다. 이번에는 완벽함에 대한 기대치가 나를 흔들었다. '내가 얼마나 영화를 잘 이해한 것일까?' 코로나로 인해 관객에게 질문 마이크를 전달하는 대신 오픈채팅방에 자유롭게 감상평과 질문을 남길 수 있게 바뀌었는데 그때마다 관객들의 수준 높은 질문에 깜짝 놀라곤 했다. 게다가 영화를 연출한 감독님이라면 영화에 대해 또 얼마나 각별한 애정을 갖고 있을 것인가. 제대로 준비하지 않으면 미천한 밑천이 탈탈 털리기 딱 쉬웠다. 수많은 영화 평론가와 기자들만큼의 노하우도, 영화적인 배경지식도 많지 않다면 내가 믿을 구석은 역시나 준비와 노력뿐이었다. 영화에 등장하는 이슈와 관련된 책을 찾아보며 한 시간의 진행을 위해 오랜 시간을 들여 틈틈이 공부했다. 주로 GV가 영화가 개봉하기 전에 이루어지므로 누군가의 해석에 기댈 수도 없었다. 많은 고민과 준비가 필요했지만 밑그림을 그리듯 하얀 도화지를 처음부터 채워보는 과정은 결과적으로 내가 성장하는 시간이 되었다.

그렇게 올해 다섯 번의 GV에서 때로는 게스트가 되고, 때로는 모더레이터가 되었다. 그러면서 힘을 얻게 된 한마디가 있었다. 영화 행사가 끝나고 한 관계자로부터 '새로운 다크호스'라는 말을 들은 것이다. 내 진행에는 전문 기자님들과는 다른 결이 있어 새롭다고 했다.

'부족함이 아니라 새로움이 될 수 있구나.'

제3자의 눈으로 바라보면 알지 못하고 경험해보지 못한 것이 오히려 새로움이 될 수 있는 것이다. 완벽한 밑그림을 그리지 못하면 어쩌나 하는 걱정은 접어두고 나답게 할 수 있는 역할을 하면 된다는 믿음을 갖게 되었다. 이렇게 여러 외부활동을 하며 마이크를 잡는 시간은 다시 방송국으로 돌아왔을 때도 긍정적인 영향을 주었다. 생각하는 바를 자유자재로 덧붙이고 변주할 수 있다는 자신감과 노하우가 생긴 것이다. 몇 년 전 방송을 하던 모습과 지금을 비교해보면 많은 차이가 있다. 말할 수 있다는 자신감이 생기니 과도한 미소를 띠는 대신 담담한 표정을 지을 줄 알게 되었고, 대본 없이도 진행을 이끌어 갈 수 있게 되었다. 그렇게 바라던 주체적인 힘이 조금씩 발현되는 듯했다.

듣는 사람에서 말하는 사람으로. 이제는 더 잘 듣고 더 잘 말하고 싶다. 잘하고 싶은 일이 있다는 건 좀체 쉴 생각이 없다는 뜻이다. 아무래도 스스로를 괴롭히는 건 당분간 계속될 것 같다. 어쩌겠나, 이게 나인 걸. 잘하고 싶은 나인 걸.

그리고,
쓰는 사람으로

〰〰〰〰〰〰

뉴스 앵커가 된 지 얼마 지나지 않았을 때, 한 선배가 내게 말했다.

"겁먹은 사슴처럼 말하지 마."

네가 거짓말을 해도 사람들이 믿고 싶을 만큼 자신 있게 말하면 되는 것이니, 지금보다 이를테면 더 싸가지 없어 보이게 해도 좋겠다고 말이다. 반면 다른 선배는 내 뉴스가 담백해서, 사심이 없어 보여서 좋다고 했다. 두 말 모두 맞는 말이었다. 한편으로 조심스러웠고 한편으로 사심이 없었다. 어떤 사안에 대해 부족할 수 있는 내 생각이나 해석을 거친다는 것이 자칫 위험할 수 있다 느꼈기에 지금

할 수 있는 역할은 그저 틀림없이, 잘 전달하는 것이라 생각했다. 이는 아나운서로서 가졌던 직업관 때문이기도 했다. 중립을 지켜야 한다는 것을 내내 익혔기 때문이다. 하지만 시간이 지나며 달리 생각하게 되었다. 앵커로서, 진행자로서 자신만의 해석과 견해를 거치거나 더하지 않는다면 과연 시청자에게 얼마나 와닿는 뉴스가 될 수 있을까? 정치적인 해석이나 입장을 밝히는 것은 여전히 경계해야 할 영역이지만 그게 아니라면 함께 분노할 일에 분노하고 즐거워할 일에 기꺼이 즐거워하는 것 또한 나의 역할 아닐까.

'내가 말할 자격이 있을까? 내 생각과 해석을 더해도 되는 걸까?'

두려움을 넘어서야 했다. 멋진 옷을 입고 그럴듯한 표정으로 목소리에 단단히 힘을 주어 말하는 건 누구라도 할 수 있다. 쩌렁쩌렁 목소리를 높이며 날것의 말을 쏟아내는 건 하수일 것이다. 진짜 힘은 나긋나긋한 목소리에서도 느껴지는 법이다. 단지 표현하지 않을 뿐 어떤 일에 대해 충분히 이해하고 생각하고 있다 여기고, 그대로 머무는 것은 결국 두려움을 넘어서지 못한 것이다.

언젠가는 선배와 밥을 먹으며 이야기를 나누는데, 선배가 "현주가 이런 생각을 하고 있는 줄 몰랐네" 사뭇 기특하다는 듯 말했다. 나는 외려 선배의 말에 놀라움을 느꼈다. 말로 표현하지 않아도 내가 어떤 생각을 갖고 있는지 선배는 알 거라 여겼으니까. 표현하지 않으면 모르는 법이었다. 아나운서가 되고 한참이 지나서야 비로소 나를 표현하는 법을 걸음마 익히듯 연습하기 시작했다.

일상에서 느끼는 바를 글로 표현하는 것부터 출발했다. 글은 여러 번 묵히고 고쳐 쓸 수 있기 때문에 말보다 안전하게 느껴졌다. 사진 위주였던 SNS에 글이 더해지며 좋아하는 떡볶이에 대해 쓰고, 여행지에서 만난 인연들과의 일화를 남기고, 잠을 이루지 못하게 했던 뉴스에 대해 적고, 가장 많게는 읽은 책에 대한 감상을 써 내려갔다. 공개된 장소에 글을 쓴다는 것에는 의미가 있었다. 나 혼자 보는 일기가 아닌, 읽는 사람을 생각하는 글이 되기 때문이다. 그래서 간단해 보이는 글도 업로드하기까지 시간이 꽤 오래 걸렸다. 불필요한 말은 없는지, 생각하는 대로 담긴 것이 맞는지, 지나치게 생략되어서 나만 알아볼 수 있는 글은 아닌지, 무작정 위로받고 싶다 하는 어리광은 아닌지 몇 번이고 들여다봤다. 자기연민이나 자아도취에 빠진다면 표현하지 않는 것만 못한 글이 될 것이었다.

분명 쉽지 않았다. 그럼에도 계속해서 쓰는 데는 이유가 있었다. 글을 쓸 수 있다는 건 스스로를 표현할 도구를 갖게 되는 것이니까. 나의 이야기를 대신 잘 표현해줄 사람을 만나는 행운은 쉽게 찾아오지 않는다. 그간 여러 인터뷰에서 취재진과 열정적으로 이야기를 나눈 뒤 결과적으로 나온 글을 보고 실망한 적이 한두 번이 아니었다. 우리가 나눈 이야기가 어떻게 이렇게 적힐 수 있나 싶을 만큼 전혀 다른 뉘앙스로 표현되어 있는 경우도 많았다. 나를 안전하게 드러내기 쉽지 않은 세상에 글이라도 나답게 쓸 수 있다면 얼마나 좋겠는가. 본인의 이야기를 가장 잘 표현할 수 있는 건 결국 자신일 수밖에 없는 것이다.

종종 어떻게 글을 잘 쓸 수 있는가 하는 질문을 받는다. 물론 나도 잘 쓰고 싶다고 답하는 게 대부분이지만, 어떤 어려움과 막막함을 느끼는지 충분히 안다. 우선 글을 쓰기 전에 이런 생각을 하게 된다. '내가 글을 쓸 자격이 있을까? 내 글을 누가 볼까?' 우리 모두 알고 있지 않은가. 누구에게나 자신만의 경험이 있고, 각자의 삶은 특별하다는 걸. 알면서도 막상 하얀 종이나 모니터를 보고 있으면 아무것도 쓸 수 없을 것 같은 기분이 밀려온다. 두려움이 앞선다. 매일 하는 말이 왜 글로는 나오지 않는 걸까. 도망갈 수 없는 높은 사각함에 갇힌 듯한 기분이 든다. 이때 논지를 숨기거나 안전한 표현으로 도망간다면 솔직한 글을 쓸 수 없다. 자신을 온전히 드러내야 하는 부끄러움을 견뎌내야 하는 것이다. 단지 익숙하지 않은 것뿐이니까. 시험에서 합격하기 위한 글, 보고서를 위한 글 말고 나를 위한 글은 쓸 기회를 갖지 못했던 것이니까.

내 이야기를 꺼내는 게 어렵게 느껴진다면 우선 책이나 영화 리뷰를 남기는 것부터 시작하는 것도 좋다. 그리고 놀라게 될 것이다. 리뷰 하나 쓰는 게 이렇게 어려운 일이었다니! 그저 감상을 쓰는 것뿐인데도 왠지 눈치가 보인다. 전문가들은 이렇게 보지 않았는데 내 생각이 맞는 걸까, 다른 사람들은 다 좋다는데 이렇게 바라봐도 되는 걸까 하고.

처음부터 잘 쓰는 것을 목표로 하면 이내 풀이 꺾이고 만다. 일단은 하나의 생각을 완결해서 매듭 짓는 것만으로도 의미가 있으니 죽이 되건 밥이 되건 마지막 마침표를 찍자. 분명 글은 차차 좋아질 것이니까. 이후 몇 번의 퇴고를 거쳐 글을 공개하기로 마음먹었다면 질문을 던져보자. '내가 생각하는 만큼, 느끼는 만큼만 쓴 게 맞을까?' 방송에서 멘트를 하기 전 나에게 매번 던져보는 질문이다. '과장해서 표현하지도 좋아하지도 슬퍼하지도 말자. 동의하기 힘들다면 그렇다고 답하지 말자. 내가 느끼는 만큼만 이야기하자. 그러지 못할 바에는 입을 다무는 게 낫다' 하고. 이 질문에 '예스'라고 답할 수 있도록 과도한 수식어와 감정을 빼고 나 만큼의 온도로 맞추어보자.

그렇게 SNS에 생각과 취향을 드러내는 글이 쌓이자 하나, 둘 새로운 제안들이 들어오기 시작했다. 출판사에서 출간 작업을 함께해보지 않겠느냐 요청이 왔고, 여러 매체에서 책과 영화에 대한 기고 의뢰가 들어오기 시작한 것이다. 차별화되는 콘텐츠를 만들어낼 사람들을 찾는 수요는 언제나 있는 법이란 걸 차차 알게 되었다. 그렇게 쓰는 사람으로서의 브랜딩이 시작되었다.

의뢰가 들어온 글을 쓰면서 매번 부끄러움과 자책의 고비를 구불구불 넘긴다. 놀랍고 설레면서도 이번에도 '아니 내가 뭐라고? 정말 잘 쓸 수 있을까?' 하는 두려움이 혼재한다. 마침표를 찍었다는 홀가분함은 잠시, 새로운 글을 쓰면서 의심은 다시 시작된다. 그렇다고 펜을 내던질 것이냐. 그럴수록 계속해서 쓸 수밖에 없는 것이다. 쓸 수 있다는 건 그렇지 못할 때보다 자유롭기 때문이다. 힘든 과정일지라도 나는 쓰는 내가 좋다. 그렇게 매일, 나는 쓰는 사람이 되어 간다.

우리가 함께라면 무엇이든

올해 하루도 허투루 산 적이 없었다. 하고 싶은 일을 열정적으로 해나가면서 즐겁고 행복했지만 가끔은 버겁기도 했다. 몸은 정직하니까, 온몸에서 이제는 쉬어가야 한다며 신호를 보내왔다. 이제는 아낌없이 쉬어줄 차례다 싶어, 엄마와 함께 제주도로 떠났다. 올해 첫 휴가였다. 그런데 뭔가 이상했다. 쉬면 마냥 좋을 줄 알았는데 불쑥불쑥 이래도 되는 걸까 하는 생각이 올라오는 것이다. 일하던 관성은 쉽게 사라지지 않는구나, 오랜만에 찾아온 지금의 휴식을 누려보자 했다. 휴가를 오면 가장 하고 싶었던 일은 원 없이 걷는 것이었다. 매일 산으로, 오름으로, 바다로 향했다. 배부르면 걷고, 배고플 때까지 걸으며 인간 비타민이 되겠다 싶게 넘치도록 햇볕을 받았다.

하루는 서귀포에 있는 감귤을 따는 체험농장을 찾았다. 만 원의 입장료를 내니 무한 시식권과 감귤을 가득 채워 갖고 갈 수 있는 바구니 하나를 건네주었다. 크지도 작지도 않고 적당히 달아 보이는 귤을 찾아 하나 둘 바구니에 넣는데, 여행 와서 어느 때보다 에너지가 차오르는 느낌이 들었다. 귤을 따며 집중하다 보니 기분이 한껏 좋아진 것이다. 머리를 쓰든 몸을 쓰든 어딘가에 몰입해야 더 행복해지는구나.

"엄마, 나 일하니까 기분이 좋아."

"그러면 고생하는데. 가만히 있지 못하는 사람들이 있어."

"엄마 닮아서 그렇지 뭐. 타고난 건 어쩔 수가 없네."

"그래, 넌 늘 그랬지. 어릴 때부터 늘 그랬어."

여행지 어딜가나 엄마는 기가 막히게 사진을 찍어주었다. 사진을 찍는 감각이며 구도며 센스가 보통이 아니었다. SNS에 엄마가 찍어준 사진을 올리니 반응이 뜨거웠다.

"엄마 사진 기가 막힌대 다들. 엄마 사진작가 해야겠네."

"너는 좋겠다. 사진 잘 찍어주는 엄마가 있어서."

이렇게 말하고 웃어넘기는 건 몇 년간 지속된 우리의 레퍼토리였다. 그런데 갑자기 '띵' 하는 것 아닌가. 왜 나는 하고 싶은 것 다 하면서, 흥미 있는 일이라면 사소한 것 하나도 그냥 허투루 넘기지 않으면서, 엄마의 재능은 그냥 쉽게 넘어가기만 했던 걸까. 엄마도 정말 작가가 되면 안 되는 건가? 아니 내가 작가로 부르면 작가인 거지.

"엄마 있지, 이제 곧 책 나오잖아. 그러려면 사진도 필요하고. 스튜디오에 가서 새롭게 찍긴 할 건데 자연스러운 사진도 있으면 좋을 것 같아. 그래서 말인데 내일은 엄마가 내 프로필 사진 찍어주는 거다. 마침 디지털 카메라도 가져왔는데 쓰지도 않고 있었네. 알겠지? 이제 안 작가님이야."

해보고 싶은 건 바로 시작하는 딸과 함께였기 때문일까. 엄마는 '안 작가'라는 새로운 호칭을 쑥스러워하거나 사양하지 않고 즐겁게 받아들였다.

"작가니까 어떻게 옷을 입지, 검정 가디건에 검정 모자를 써볼까?"

그러고는 아래는 진한 분홍색의 바지를 입었다. 원색은 포기할 수 없는 안 작가의 쨍한 취향이었다. 오전은 햇볕이 너무 강해 제대로 된 사진을 한 장도 찍을 수 없었다. 오후 노을이 지기 전을 노려보자 하며 금능 해수욕장을 걷는데 환상적인 배경이 펼쳐져 있어 얼마나 설레던지.

하지만 바람이 너무 거세서 앞머리가 널을 뛰기 시작했다. 바람 앞에서 잠시 주춤하다 "안 작가님, 망하면 그만이지 뭐. 막 찍어봐. 대충 그까짓 거 해보자" 하자 엄마가 셔터를 누르기 시작했다.

"이게 휴대폰이랑 달라서 영 어렵네."

"처음부터 누가 잘하나, 별로면 다른 사진 쓰면 되니까 마음 편히 찍어줘요."

그래 놓고는 사진을 보고 이게 뭐냐고 짜증을 냈고요.

제대로 된 컷을 건지지는 못했지만 엄마와 나는 바람과 바다 속에서 즐거웠다. 돌아가는 길에 다음번에 프로필 사진을 다시 한 번 도전해보자 말했다. 계속해서 셔터를 누른다면 1,000장의 사진 중에 1장 정도는 만족스러운 결과물을 건질 수 있는 것 아니겠나 하며. 엄마는 "얼마든지요" 하며 싱긋 웃었다. 카메라 너머 보이던 안 작가의 신중하면서도 유쾌한 얼굴, 애정이 가득 담긴 결과물들. 우리는 여행지에서 아낌없이 해보고 싶은 것들을 함께했다. 세 번째 삶은 '자유롭게 살고 싶다'던 단임의 바람이 이번 여행에서 다시 시작된 듯 뭉클했다.

종일 걷고 운전하고 돌아와서도 아이패드를 끼고 또 다시 카페로 향하는 나를 보고 엄마는 "너는 진짜 잠을 안 자는구나" 하신다. "휴가 후반이 되니까 슬슬 해야 할 일들이 생기네. 이렇게 사니까 많은 걸 하며 살 수 있지 엄마" 하고 대답했다.

"그런데 엄마, 나 열심히 일하기만 하며 살 생각은 없어. 일만 하는 인생도 재미 없고 쉬기만 하는 인생도 재미

없는 거니까. 신나게 일하다 지치면 또 신나게 쉬어가는 거지. 며칠 쉬었더니 다시 일할 에너지가 생기네. 진짜, 나는 어쩔 수가 없나 봐. 그런데 이게 좋은걸!"

정말 어쩔 수가 없다. 아마 평생 그럴 것이다. 열심히 일하고, 가끔은 지치고 그리고 다시 시작하면서. 내일을 기대하며 새로운 도전을 계속할 것이다.

때론 이기고 때론 지면서, 그렇게 아낌없이 살아갈 것이다.

아낌없이 살아보는 중입니다

초판 1쇄 인쇄 2020년 11월 27일
초판 1쇄 발행 2020년 12월 4일

지은이 임현주

펴낸이 김선식
경영총괄 김은영

편집인 박경순
책임편집 김하나리 **책임마케터** 이고은
마케팅본부장 이주화
채널마케팅팀 최혜령, 권장규, 이고은, 박태준, 박지수, 기명리
미디어홍보팀 정명찬, 최두영, 허지호, 김은지, 박재연
저작권팀 한승빈, 김재원
경영관리본부 허대우, 하미선, 박상민, 김형준, 윤이경, 권송이, 이소희, 김재경, 최완규, 이우철
펴낸곳 다산북스 **출판등록** 2005년 12월 23일 제313-2005-00277호
주소 서울시 마포구 양화로 67 나동 302호
전화번호 070-4150-3186
이메일 uyoung@uyoung.kr
홈페이지 www.dasanbooks.com
종이·출력·후가공·제본 (주)갑우문화사
ISBN 979-11-306-3355-8 [03810]